SPOOKeFFEK

Boek 2

Die laaste 3 e!Kang's

Dawie Louw

Malherbe Uitgewers Publikasie

Outeur: Dawie Louw
Voorbladontwerp: Ria Richards

Geset in Franklin Gothic 12pt

ISBN 978-1-991455-92-5
Eerste Uitgawe 2025
Kopiereg ©Dawie Louw
Alle regte voorbehou

'n Nagmerrie, hierdie keer erger

Laatnag bevind Zelda haarself in 'n stil, donker agterstraat in Johannesburg. Dieselfde straat waarin sy die afgelope paar nagte gereeld beland, sonder dat sy daar wil wees.

Sy klem aan die stuurwiel van haar klein Kia Picanto, hande gesweet. Hoe op aarde het sy weer hier beland? Hier, tussen grys geboue wat weerskante van die straat spookagtig die hoogte inskiet. Met verlate sypaadjies waarop hierdie tyd van die nag geen siel te sien is nie. Slegs verkeersligte wat die oneindigheid voor haar uitstreep: rooi, geel, groen, rooi, geel, groen.

Sy stop by die volgende rooi lig en voel die gehamer van haar hart teen haar ribbekas.

Intuïsie sê vir haar dis nou nie meer lank nie.

Ja, daardie gedrog gaan nou enige oomblik verskyn.

Die verkeerslig voor die Kia wys groen, maar Zelda reageer nie, want ry sal nie nou help nie. Sy kan netsowel hier op die onvermydelike sit en wag.

Sy laat die stuurwiel los en druk haar gesig, sopnat gehuil, in haar hande. Wat het sy gedoen om hierdie aakligheid te verdien? Moes 'n onvergeeflike sonde gewees het wat sy een of ander tyd gepleeg het. Maar wat?

'n Ligte bries steek op en 'n verflenterde stuk koerant kom straataf gefladder. Die stuk papier laat haar aan haarself dink, want dis hoe dit met haar tans

1

is. Sy word deur omstandighede verfrommel en deur onsigbare kragte voortgerol, rigtingloos, koersloos.

Die verkeerslig voor haar wissel vir die soveelste keer na groen, en net toe sy begin dink dat dinge vannag hopelik anders gaan wees, flits die beeld van die gloeiende stuk graffiti teen die gebou, skuins oorkant die straat. Dis 'n tekening van 'n jagluiperd wat lyk of dit oeroue rotskuns kan wees, deur 'n Khoi of 'n San-kunstenaar uit vergange tye geskets.

Die gedierte, reusagtig groot, begluur haar uit die hoogte en, asof sy onder hipnose is, staar Zelda op in die twee gloeiende oë.

Sy kry haar vrees onder beheer en met 'n vaart trek sy weg, teen die lig wat nou rooi is. Sy kry koers na die M1-snelweg wat 'n paar blokke verder oor die stad loop.

Sy kyk nie, maar sy weet dat, soos sy ry, daardie vervloekte jagluiperd op sy pos gaan wees. Teen geboue, teen advertensieborde, teen brugpilare gaan dit agter haar aanbons en soms in die straat vlak agter die Kia aanstorm, maak nie saak hoe vinnig sy ry nie.

Die jaagtog wat nou gaan volg, weet sy uit bitter ervaring, gaan net op een manier eindig, en dit is as die gedrog op die dak van die Kia spring, die vensterruit langs haar flenters slaan en haar van die pad af dwing, gewoonlik as hulle in die omgewing van die dieretuin kom.

Zelda kyk in die truspieël en toe ruk sy van skrik. Die beeld in die truspieël is nie dié van die jagluiperd nie. Nee, dis die gevreet van 'n renoster waarna sy staar. 'n Renoster, eweneens 'n stuk graffiti in die gedaante van 'n Boesmantekening, wat ritmies agter die Kia aan galop.

Zelda gil en pluk die Kia betyds weer terug op die M1. Sy was besig om teen 'n hengse spoed die pad byster te raak. Dank vader die M1 is hierdie tyd van die nag so te sê verlate.

Sy kyk weer in die truspieël en nóg 'n skok wag. Die renoster het nou plek vir die gevreet van 'n waterslang gemaak. Toe volg 'n luiperd se gesig en dié van 'n waternimf. En daarna, soos wat sy kon verwag, die gesig van 'n bakoorjakkals, die een gedrog meer slinks as die vorige.

Zelda gil weer en nou het sy genoeg gehad. Sy slaan remme aan en die klein Kia kom met 'n gesleep van bande op die teerstraat tot stilstand, reg onder 'n betonbrug.

Sy druk weer haar gesig in haar hande, maar besef dit gaan niks help nie, want sy weet wat nou kom. Sy kyk tussen haar vingers deur en ja, dit wat haar nou omring is presies wat sy verwag het.

Die ses stukke graffiti, almal Boesmantekeninge, sit teen die wande en pilare van die betonbrug af na haar en staar. Roerloos, asof dit nog altyd daar was.

Toe, asof die gedrogte dit so geoefen het, staan die ses in 'n kring om die Kia, met die steeds sluwe gesigte al starende na haar.

Zelda hoor 'n stem gil en gil en toe besef sy dis haar eie gille wat sy hoor.

Wat sy ook besef, is dat sy nou helder wakker is en pas, vir die hoeveelste keer, uit die nagmerrie ontwaak het.

Met een groot verskil: in stede van net een, was al ses gedrogte hierdie keer deel van die aaklige toneel.

Zelda loer na die hoekige groen syfers van haar wekkerradio wat sê dis pas by middernag verby. Sjoe, besluit sy, dis 'n lange nag wat wag.

Sy kom orent, stoot die duvet van haar af en kies koers kombuis toe – vir 'n koppie sterk koffie met dalk so 'n ou klein doppie brandewyn daarmee saam. Ja, sy kan netsowel nou wakker bly in plaas van om so te lê tob oor goeters waaraan sy niks kan doen nie.

Koffiebeker in die hand, kry sy koers na haar studeerkamer en skakel haar rekenaar aan. Wat daarvan sy begin skryf aan haar neef Karel en sy meisie Siti se ongelooflike verhaal? Waarvan die ses gedrogte uit haar nagmerrie deel sal wees. Ja, sy moes al lankal begin skryf het, maar om een of ander duistere rede kon sy nog nie dáárby uitkom nie. Tog besef sy dat die rede eintlik nie só duister nie. Nee, want hoe skryf mens oor sulke aaklige wesens wat haar soveel nagmerries gee?

Aan die ander kant sal skryf haar dalk help om van hierdie einste nare nagmerries ontslae te raak. Sjoe, sal dit nie wonderlik wees nie? Maar waar begin skryf sy aan 'n komplekse verhaal wat so propvol intriges is? En skryf sal sy buitendien moet, al is dit dan ook net om Karel te beskerm. Om die ware feite agter hierdie ongelooflike verhaal aan te teken. Feite wat vir die nageslag bewaar moet bly.

Sy gaan sit by haar rekenaar en dink. Wat van begin by die begin, besluit sy. Ja, wat van sy begin haar boek onder die opskrif: Wat het sovêr gebeur?

En? Wat hét toe sovêr gebeur?

Sportheld Karel Dekker se lewe is op 17 so te sê verwoes.

Nie net verloor hy sy ouers in 'n motorongeluk nie, maar ook sy een been. As weeskind gaan woon hy by sy ouma op Kangoberg, 'n dorp in die Klein-Karoo. Dis hier waar hy matriek gaan skryf en sy lewe weer aan die gang moet kry.

Hy kom te staan teen die !Kang's, ook bekend as die Super 6: Benner, Ansie, Bongi, Marli, Buks en Siti. Dis 'n groep, voorheen 'n bende, wat die sosiale lewe in die skool dikteer. Om sake te vererger, raak Karel verlief op die einste Siti wat lid van die groep is. Om alles te kroon, lyk dit of Siti dieselfde vir Karel voel.

Benner, Siti se kêrel en leier van die !Kang's, begin Karel se lewe versuur en om konfrontasie te vermy, onttrek Karel homself en begin rekenaarspeletjies skryf. Hy noem die karakters in die speletjies die e!Kang's en baseer dit op rotstekeninge in 'n grot wat voorheen die hoofkwartier van die !Kang's was.

Onder die skuilnaam Heitsi-eibib, die mitiese San-god uit die voorgeskiedenis, ontwikkel Karel die volgende speletjies:

·e!Benner, die jagluiperd, wat motorkapers jaag,

·e!Buks, die renoster, wat op renosterstropers jag,

·e!Bongi, die waterslang, wat teen seestropers veg,

·e!Siti, die luiperd, wat die lewens van trofee-jagters versuur,

·e!Marli, die waternimf, wat kinderhandelaars agtervolg,

·e!Ansie, die bakoorjakkals, wat op diamant-smokkelaars jagmaak.

In 'n muwwe kelder in sy ouma se huis ontdek Karel ook 'n ou rekenaar waarmee sy oorlede oupa eksperimente in kwantumfisika gedoen het.

En net daar maak Karel 'n groot fout. Hy plaas tPort, sy oupa se program wat teleportasie doen, saam met die e!Kang's in dieselfde rekenaar en die onmoontlike gebeur: die slim kreature, toegerus met heuristiese vermoëns, teleporteer hulself oor die internet, en in die vorm van kragtige energievelde, betree hulle die werklikheid, oor die lengte en breedte van die land.

Die e!Kang's trek nou ware skurke vas en doen uitstekende werk, maar die gediertes kan handuit ruk en moet hokgeslaan en terug in Karel se rekenaar geplaas word. Met Siti sowel as Benner se hulp, sit Karel die e!Kang's agterna en drie van die e!Kang's word vasgetrek, te wete cheetah-man e!Benner in Johannesburg, asook luiperd-vrou e!Siti en renoster-man e!Buks in die Laeveld van Mpumalanga se bos.

Wat beteken dat die ander drie e!Kang's nog op vrye voet is: bakoorjakkals e!Ansie wat diamant-smokkelaars in die dorre Richtersveld jag, e!Bongi die waterslang wat seestropers in Mosselbaai agtervolg en watermeid e!Marli wie se visier in Kaapstad op kinderhandelaars ingestel is.

Karel sit ook met 'n verdere probleem: die owerhede het van die e!Kang's te hore gekom en nou is die Valke op sy spoor.

Maar die eintlike probleem is, dat daardie program tPort ook nou in Benner se hande beland het. Benner wat die seun van Topo is; Topo wat as die gevaarlikste bendebaas ter wêreld beskou word.

En, vermoed 'n verskrikte Karel, dis net 'n kwessie van tyd voor Topo en Benner verwoesting met tPort gaan saai, veral as dit by kinderhandel kom.

Zelda se boek begin vorder, uiteindelik

Zelda leun terug in haar stoel, en om seker te maak sy droom nie, tik sy liggies met haar hande op beide haar wange. Iets wat sy deur die loop van die nanag al 'n paar keer moes doen. Om seker te maak dat sy wél aan die skryf gekom het en nie op 'n vreemde manier weer begin droom het nie.

Sy leun vooroor en bekyk die lys van karakters wat Karel in sy speletjies geskep het, te wete die e!Kang's: die sondebokke wat haar neef se dilemma veroorsaak het. Karakters wat enige tyd net so verregaande as Superman, Batman, Spiderman, Wolverine of Catwoman kan wees.

Sy onthou haar eerste ontmoeting met die e!Kang's. Dit was hier in haar huis in Linden in

Johannesburg toe Karel haar aan cheetah-man e!Benner bekendgestel het. Aanvanklik wou sy die gedrogte nie aanskou nie, seker omdat dit op dié manier makliker sou wees om in ontkenning te leef. As jy iets nie sien nie, bestaan dit nie.

Maar toe sy en Karel, na die suksesvolle jagtog op e!Benner in Johannesburg se agterstrate, daardie oggend vroegdag terug huis toe gekeer het, moes sy die waarheid in die gesig staar. En die waarheid se gesig was e!Benner s'n. 'n Grynsende gevreet van 'n jagluiperd wat Karel uit sy slimfoon teen die muur van haar voorkamer geprojekteer het. 'n Gevreet wat later by haar kom spook het en deur een nagmerrie na 'n ander agtervolg het.

Zelda ril weer. Selfs Karel se verduideliking daardie oggend het min gehelp: "Onthou, Zelda, hierdie e!Kang's is nie van vleis en bloed nie. Dis 'n bloot net energievelde wat op 'n sekere manier saamgestel is en deur 'n heuristiese geheue beheer word. Omdat hulle na lewende wesens lyk, dink ons hulle het lywe. Regte lywe soos wat ons het. Of soos wat diere het. Dis nie so nie. Kyk net hier na e!Benner. Dis 'n projeksie, niks anders nie."

En natuurlik is daar nóg 'n figuur. Een wat volgens Karel agter alles skuil, vernoem na daardie mitiese wese uit die San se voorgeskiedenis: Heitsi-eibib. Ja, het hy gereeld verduidelik, dis die einste Heitsi-eibib wat hom wat Karel is, raad gegee het oor presies hoe die e!Kang's ontwikkel moes word.

Want, het die Heitsi-eibib glo geredeneer, dis tog al wat die e!Kang's is: tekeninge wat, volgens die oeroue San geloof, deur rotswande die werklikheid in ge-transendeer is.

Maar, besluit Zelda, daar is darem goeie nuus ook. Drie van die e!Kang's is reeds vasgetrek en as Karel en Siti hul kaarte reg speel, behoort die ander drie binnekort ook agter digitale slot en grendel te wees. Maar as dit by hierdie e!Kang's kom, is dit dom om enige optimistiese aannames te maak. Met die polisie op Karel se hakke, weet Zelda nie hoeveel beweegruimte en tyd haar stomme neef gaan hê nie.

Zelda kom van agter haar lessenaar orent, strek haar arms bo haar kop uit en stap 'n draai deur die studeerkamer. Na 'n nag van min slaap, voel sy oes, tog is sy in haar skik met haarself. Oor dat sy uiteindelik wel aan die skryf gekom het en dat dit toe veel makliker gegaan het as wat sy verwag het.

Maar, besef sy ook, sy sal meer moet doen as net skryf. Soos byvoorbeeld om Karel met die opspoor van die drie laaste e!Kang's te help. Iets wat egter nie so maklik gaan wees nie.

Om mee te begin is daar haar werk as joernalis, 'n loopbaan wat sy, op 25, pas mee begin het. Waar gaan sy tyd vir iets anders kry? Aan die ander kant, kan enige joernalis vir 'n storie beter as dié van die e!Kang's vra? Natuurlik nie, so 'n verhaal, of scoop in Engels, kan die nuuswêreld in 'n ander dimensie plaas. So, hierdie kan ook haar groot kans wees om, as jong joernalis, naam te maak.

Goed, besluit sy, wat van sy neem 'n week verlof? Om met die opspoor van ten minste een van die drie voortvlugtende e!Kang's te help.

Maar met watter een? e!Bongi, die waterslang wat seestropers in Mosselbaai se omgewing teiken? Of met e!Marli, die watermeid? Met haar smeulende donker oë op skurke betrokke by kinderhandel in Kaapstad gerig? Of wat van e!Ansie? Die bakoorjakkals wat glo diamant-smokkelaars in die verlate Richtersveld uitsnuffel?

Die maklikste sal wees, om in Kaapstad of Mosselbaai te gaan help, maar wat dan van e!Ansie daar in die Richtersveld? Die plek is flippen vêr en hoe gaan Karel alleen daar kom? Ja, sy gaan met e!Ansie help, so eenvoudig soos dit. Maar het die bakoorjakkals-vrou ooit daar op die Weskus aangeland? Dis 'n hengse end om te ry om voor dooimansdeur aan te kom.

Op daardie oomblik, asof die noodlot dit spesiaal so beplan, lui haar selfoon met die foto van haar afdelingshoof Bertus op die skermpie. Zelda luister met 'n keep tussen die oë, een wat al hoe dieper kerf.

"Goed Bertus, ek's op pad. Ek hou jou op hoogte," sê sy en druk die foon dood. Met oë wat niks registreer nie, staar sy 'n ruk voor haar uit.

Asof sy haarself in 'n beswyming bevind, skakel sy haar neef Karel se nommer.

Dinge kry weer koers, min of meer

Karel se selfoon gons en nog voor hy na die skermpie kyk, weet hy wie dit is wat skakel.

"Zelda! Wat is nuus?"

"Jy wil nie weet nie."

"Jy's reg, as dit slegte nuus is, wil ek nie weet nie."

"Wel, besluit self of dit sleg is of nie, want jy gaan Alexanderbaai toe. Saam met my."

"Alexanderbaai toe? Om te wat? Wag! Moenie vir my sê nie ..."

"Wel, wie moet dan vir jou sê? Dat jou gedroggie toegeslaan het. Die jakkalsie met die bakore en die diamant oorbel."

"Zelda, wag nou. Ek weet jy dink steeds hierdie e!Kang's bestaan nie rêrig nie, maar dis onnodig om aan te hou met gekskeer."

"Wás dit maar gekskeer. Nee, my neef, pak jou tas, die Richtersveld wag."

"Goed, Zelda, ek pak my tas, maar begin tog net by die begin asseblief?"

"Ek het pas 'n oproep van my baas, Bertus gekry. Faans, ons joernalis in die Noord-Kaap, sê stories word by Alexanderbaai rondvertel. Die vistermanne praat van 'n bakoorjakkals, een wat teen 'n rots op die strand sit asof dit daar geteken is – soos 'n rotstekening. 'n Jakkals wat 'n diamant oorbel dra. So, my neef, klink dit bekend vir jou?"

"Natuurlik klink dit bekend, Zelda. En? Wat sê die vistermanne? Wat doen die bakoor dan?"

"Verdwyn dan weer, soos 'n spook. 'n Klomp mense het dit gesien. Faans werk tans aan 'n ander

11

saak en Bertus wil hê ék moet gaan kyk wat daar aangaan."

"Dit klink nou rêrig of jy ernstig kan wees, Zelda."

"Ek was nog nooit so ernstig nie."

"Hoe gaan jy daar kom? In Alexanderbaai?"

"Jy bedoel hoe gaan óns daar kom, neef Karel. Ek sê mos jy moet jou tas pak. Soos in vinnig. Jy weet tog ek kan nie daai bakoor alleen vastrek nie. So, ons moet jou hier in Jozi kry, tjop-tjop."

"En van Jozi af Alexanderbaai toe? Hoe kom ons daar?"

"My koerant huur 'n ligte vliegtuig wat ons sal neem. So, kry jouself op die bus, môreoggend eerste ding. Hier na my toe. Dan vlieg ons van hier af."

Vir 'n oomblik raak dit stil oor die foon, met Karel wat wonder of hierdie gesprek werklik plaasvind. Toe praat hy: "Goed, die saak is reg, Zelda. Ek is môre op daai bus. Dis nou te sê as die polisie my nie voor die tyd in 'n vangwa prop nie."

"Wat sê Ouma? Oor die polisie wat na jou gevra het?"

"Net dit. Hulle wil my ondervra. Nie gesê waaroor dit gaan nie."

"En Ouma? Is sy oukei? Of komkommer sy haar oor jou?"

"Sy lyk oukei. Jy ken vir Ouma. Bitter min goed laat haar skrik."

"As ek jy is, bekommer ek my ook nie oor die polisie nie, Karel. Jy't tog geen wet oortree nie."

"Geen wet oortree nie?"

"Kan jy jou daardie hofsaak voorstel? Die stomme staatsaanklaer wat 'n oorblufte landdros probeer oortuig van 'n wese, half vrou, half luiperd, wat trofee-jagters jag? Of 'n renoster-man wat renosterstropers jag? Asseblief."

Karel skaterlag, vir die eerste keer in 'n lang tyd. Vir Zelda se snaaksheid, maar veral oor hy weet dat sy reg is. Agter tralies sal hy nie sommer beland nie. Maar toe Zelda verder praat, lag hy nie meer nie.

"Nee, my neef, jy't 'n ander probleem. Benner. Ek het hom vinnig deurgekyk. As dit by meisies kom, is daai dude by bedrewe verby. En dan laat jy Siti toe om saam met hom Mosselbaai toe te gaan? Agter die waterslang aan?"

"Jy weet ek het geen ander keuse nie, Zelda."

"Ek weet, maar nogtans."

'n Uur later staan Karel voor Siti se tuinhekkie. Sy waai van die stoep af en 'n minute later sit hulle op die bank in die voortuin. Dis 'n mooi somermiddag met hordes voëls van alle soorte wat uitspattig in 'n boomlaning kwetter.

Karel loer onderlangs na Siti. Sal hy ooit genoeg na die mooie mens kan kyk? Nee, nie sommer nie. Hy wil praat, maar Siti spring hom voor.

"Weet jy wat, Karel? Soms kan ek steeds nie glo wat met ons gebeur nie. Dis asof iemand my enige oomblik gaan wakkermaak en sê, haai, hou op droom, daar's nie iets soos 'n e!Kang nie. Kry jouself gereed vir die werklikheid en maak reg vir Potchefstroom."

13

"Dis presies wat my pla," sê Karel. "Jy moet voorberei vir varsity, maar wat gebeur? Jy sit hier in 'n gemors wat ék veroorsaak het."

"Asseblief, Karel, daai deuntjie het jy al oor en oor gesing. Ek ís nou betrokke en dis dit. Ek en Benner gaan waterslang e!Bongi vastrek, tjop-tjop. Daarna gaan daar oorgenoeg tyd vir varsity wees."

Karel frons. Ek en Benner, het Siti pas gesê. Drie woorde wat hy haat, al het dit geen sinistere betekenis nie. En ja, hy moet homself nou vasvat en van Siti en Benner se soenery onder daai flippen peperboom langs die pad vergeet. Wat natuurlik makliker gesê as gedoen gaan wees. Hy hoor Siti verder praat.

"Daar's baie goed omtrent die e!Kang's wat onverstaanbaar is, maar die grootse raaisel vir my is waar die goed hul krag vandaan kry? Ek weet daar word gesê iets soos teleportasie bestaan wel en dat die goed se beelde uit die rekenaar geprojekteer kan word, maar waar kom hul energie vandaan?"

"Ek wens ek het geweet, Siti. Rêrig. Al wat ek kan dink is dat kwantumverstrengeling 'n rol hier speel. Met ander woorde, Einstein se spook-effek. Waar twee partikels een of ander energieveld gebruik om kontak te maak, ongeag hoe ver die goed van mekaar is. So iets."

"Sjoe, waar gaan alles eindig?" vra Siti en Karel kry die idee die vraag is eintlik aan haarself gerig. Hy verander van rigting en vertel van Zelda se oproep rakende bakoorjakkals e!Ansie.

"Karel!" gil Siti, "dis fantasties! En sien jy nou? Dinge is besig om reg te werk. As die waterslang en die bakoorjakkals vasgetrek is, bly nog net die waternimf oor. Of die watermeid, soos Marli sal sê. Terloops, enige nuus oor e!Marli?"

"Nee, maar dit sê ongelukkig niks. Snaakse goed loop snags in Kaapstad se agterstrate rond en die watermeid wek dalk nog nie suspisie nie."

"Ja," sê Siti ingedagte. "Jy's reg. Die watermeid kyk dalk net die kat uit die boom en dan gaan sy toeslaan. En weet jy wat? Miskien moet ons haar tyd gee. Om haar ding te doen."

"Ek hét dit al oorweeg," sê Karel. "En ja, as die watermeid toeslaan, is kinderhandel die laaste ding waarby ek betrokke sal wil raak."

Vir 'n oomblik raak dit stil en toe praat Siti. "Ek is bly Zelda is nou op die toneel. En daai boek van haar gaan 'n treffer wees, daarvan is ek seker."

"Ja, almal gaan dink dis absurde wetenskapfiksie terwyl dit eintlik dokumentêr behoort te wees."

"Ja, Heitsi-eibib," lag Siti, "jy's reg. Julle San mense het die kuberruim al lankal ontdek. Met jul transendering deur rotswande. Net soos wat mense hulself deesdae transendeer na Facebook en ander platforms op sosiale media."

"Kom ons praat oor jou en Benner se trippie Mosselbaai toe," verander Karel weer van rigting. "Het julle al 'n datum?"

"Ja, ons ry oormôre. En moenie komkommer nie, Karel. Ek gaan my bes doen om waterslang e!Bongi vas te trek én om daai program van Benner se foon af te kry. Daai tPort gedoente van jou oupa."

"Ja," sê Karel, "een of ander tyd kan Benner verby daai wagwoord kom en dan gaan die duiwel en al sy dissipels los wees. Hoe jy die foon uit sy hande gaan kry, weet ek nie. Benner is veel meer geslepe as wat hy voorgee."

"Nie net dit nie, met tPort in Benner se besit, is dit so te sê in sy pappa Topo se hande ook."

Karel voel hoe 'n rilling langs sy ruggraat afglip. Siti is reg. Topo, van die gevaarlikste gangsters wat leef, besit met tPort van die gevaarlikste rekenaarprogramme wat ooit geskryf is.

Die aaklige gedagte hou hom egter nie lank besig nie, want iets anders het intussen gebeur. Siti het haarself op sy skoot tuisgemaak en die volgende oomblik is haar lippe op syne.

Toe, summier, vergeet Karel van minder belangrike goeters soos monsters en ander wesens wat die bestaan van die mensdom bedreig.

Later vra Siti weer uit oor Karel en Zelda se besoek aan die Richtersveld, agter e!Ansie aan. "Jy sê jy vertrek môre Johannesburg toe? En dan vlieg jy en Zelda waarheen?"

"Alexanderbaai toe, met 'n spesiale vliegtuig wat deur Zelda se werk gereël is. Van daar gaan ons na 'n plek met die naam Cornellskop toe. Dis in die middel van nêrens."

"Hoekom juis dáárheen? In die middel van nêrens?"

"Daar's 'n plek daar naby wat die Wondergat genoem word. 'n Mistieke gat in die aardkors met 'n lang geskiedenis, ook wat diamante betref. Gerugte wil hê dat die bakoorjakkals ook naby daai Wondergat gesien is."

"Dieselfde een wat in Alexanderbaai gesien is?"

"Einste. En weet jy wat word daai Wondergat genoem deur die Namas wat daar woon?"

"Sê?"

"Heitsi-eibib."

Barnabas Bok en Kees Ietmans

Die Hollander Kees Ietmans kan dit nie glo nie. Na soveel jare, lag die geluksgodin breed in sy rigting. Tog wonder hy of hier nie 'n vangplek êrens is nie? In 'n plek met 'n geskiedenis soos dié van Alexanderbaai, is lokvalle geen vreemde verskynsel nie.

Hy loer onderlangs na kroegman Barnabas Bok, maar dit lyk tog of hy die man kan vertrou. 'n Skelm kan jy altyd vertrou, want dis maklik om sy gedagtes te lees. Dit het Kees reeds uit bitter ervaring al geleer.

"Kan ek jou vertrou, Barnabas Bok?" vra hy nogtans. "Wie sê jy's nie besig om 'n lokval vir my te stel nie?"

"'n Lokval? Hoekom sal ek nou so-iets wil doen?" Die Nama lyk gebelgd.

"Hoekom nie? Jy's dalk 'n polisieman. Diamant-speurder."

Barnabas lyk onthuts en vir die eerste keer maak hy vir langer as 'n sekonde oogkontak met Kees. Dit lyk asof hy nie kan besluit of hy pas beledig of geprys is nie. Toe lag hy uit sy maag.

"Ek was al van baie goed beskuldig, maar ek, Barnabas Bok, 'n polisieman? 'n Dienaar? Hoe kan ek nou een wil wees? En so gepraat, hoe weet ek jý is nie een nie? Jý is tog die een wat hier uit die bloute aangewaai het en oor die klippers begin praat het. Is dit nie so nie, Duusman?"

Kees trek skouers op sonder om te antwoord. Barnabas laat hom egter nie afsit nie en klets voort, onder andere oor sy eie betroubaarheid. Maar nou luister Kees nie meer nie. Hy het klaar besluit hy gaan die kans waag, want hier in Afrika het hy al geleer wanneer om te waag en wanneer nie. Buitendien, daar is baie op die spel. Sy hele toekoms, om die waarheid te sê. En as hy gevang word, kan hy darem agter die tralies vir homself sê dat 'n hele hand vol top-wit diamante die waagstuk werd was.

Barnabas Bok se stem dring weer tot Kees deur. Hy hoor die man vra uit. Waar kom hy, Kees, vandaan en wat doen hy vir 'n lewe?

"Huursoldaat gewees. Oral oor in Afrika. Mosambiek, Angola, die Kongo en 'n paar ander plekke ook. Veertig jaar gelede al my eerste kontrak gesluit. En 'n dag later my eerste teiken uitgevat. 'n Jong Frelimo-kryger in Tête, Mosambiek. Ek ken geen ander beroep nie. Harde lewe gehad, maar goed geld gemaak. Ek's meestal in diamante betaal, bloeddiamante soos hulle dit deesdae noem. Dit het my gepas, want ek het baie kontakte en genoeg kopers gehad."

Hy swyg en sien die vraagteken tussen die plooie op die Nama se voorkop.

"Ja, maar het toe alles weer verloor. Hard geleef, nog harder gespeel. Soos hulle sê – easy come, easy go. So, nou's dit tyd vir pensioen. 'n Man word sag en dit word al hoe moeiliker om die sneller te trek. Veral as dit 'n mens is wat anderkant die visier staan."

Kees sit sy elmboë op die toonbank en bestel nog 'n bier, sy soveelste vir die aand.

"Wat verwag jý uit die transaksie, Barnabas Bok?"

"As ek nou sê ons gaan helfte-helfte, dan klink dit reg vir my."

Kees letmans teug aan sy bier. Oor die Nama se uitspattige kommissie bekommer hy hom niks. Hy's nie van plan om enige kommissie af te staan nie. Nie aan Barnabas, Topo of enige iemand anders nie. In Afrika is dit elkeen vir homself, nog 'n ding wat hy hier op die donker kontinent kom leer het.

Topo het hom wat Kees is 'n week gelede uit die bloute gekontak en die aanbod gemaak.

Die twee van hulle was in 'n sjebien êrens in Soweto. Die lawaai in die drinkplek het die veiligheid gebied wat nodig was. Geen afluister oor of versteekte mikrofoon sou met gedoef van die reggae en kwaito kon meeding nie.

"Ek het baie van jou gehoor, Grootman," het Topo begin. "Jy't 'n goeie naam hier in my kringe."

"Dankie, Topo. En hoe kan ons mekaar help?"

"Daar's 'n hand vol blinkes êrens in die Richtersveld versteek. Vir jare al. Ons soek iemand wat kan help om die goed op te spoor. Iemand wat weet hoe diamante werk."

Kees wou vra wie 'ons' is, maar het al geleer om nie onnodig uit te vra nie. Veral nie 'n man soos Topo nie. Ook kon hy raai dat dit hier oor veel meer as diamante gaan. Dat die klippies ander projekte in Topo se sindikaat sou befonds. Daar was hoeka gerugte oor 'n netwerk in kinderhandel wat op die been gebring gaan word.

In stede het hy anders gevra: "Die klippe? Hoe het dit daar in die Richtersveld beland?"

"Alexanderbaai, soos Port Nolloth, was vroeër 'n bedrywige plek met dié soort van ding. Nuus het my ore bereik van 'n sending wat lank terug daar verkeerd geloop het. Die polisie het twee Namas vasgetrap en gedink hulle het die hele besending in die hande gekry. Maar die polisie was verkeerd. Die Namas het die grootste deel versteek."

"Wat het toe van die twee Namas geword?" vra Kees.

"Hulle het uit aanhouding ontsnap, maar toe in die !Gariep verdrink. Al twee. 'n Onverwagse vloed. Die geheim van die klippe is saam met die twee onder die water in. Of so is daar gedink, maar ander oë en ore het van die transaksie geweet."

"Het julle 'n idee wáár die klippers versteek is?"

"Nee, maar 'n plek met die naam Wondergat word telkens genoem."

"Die Wondergat?"

"Ja, dis glo 'n vreemde verskynsel daar in die woestyn. Iets soos 'n grot wat amper loodreg na onder in die aardkors wegsak. Nugter weet hoe diep."

"Hoe weet ons die klippe is steeds daar? In daai Wondergat? Dis nou te sê as dit ooit daar was."

"Wel," sê Topo, "dis vir jou om uit te vind."

"Van hoeveel klippe praat ons?"

"Stories verskil, maar ek skat so om en by 1500 karaat. Top-wit."

Kees het sy asem ingetrek en gehoop Topo hoor nie hoe sy hart teen sy ribbes pomp nie.

"Weet julle waar ek my soektog kan begin?"

"Daar's 'n kroegman in Alexanderbaai. Barnabas Bok. Ons het 'n vermoede hy weet iets. Dis by hom waar jy gaan begin."

"En as ek die diamante opgespoor het? Wat dan?"

"Dan vat jy die transaksie verder, tot by 'n koper. Jy het tog steeds kontakte? Dis hoekom ek jou gekies het, onder andere."

"Hoe deel ons die buit?"

"Helfte-helfte, Grootman."

"Klink straf. Ek vat tog al die risiko?"

"Risiko? Wat se risiko? Ek beskerm jou. Word jy vasgetrap, laat ek jou loskom. Jy weet tog wie ek is?"

"Hoe gaan julle weet hoeveel ek vir die klippe gekry het?"

"Ek gaan by wees as jy die transaksie beklink. Jy gaan my betyds laat weet waar en wanneer jy gaan verkoop."

"En as ek met die klippe verdwyn, Topo? Voor ek verkoop?"

"Dan jag ek jou totdat ek jou kry, Grootman. Ek sal jou opspoor, enige plek in die wêreld. Ek het nog altyd geweet waar jy is en ek sál altyd weet."

Die volgende dag het Kees en Barnabas die lang pad na die Richtersveld met die gehuurde viertrek aangepak. Hy was in sy noppies. Die geluksgodin het geknipoog, want 50/50 op so 'n transaksie was nie sleg nie. Alles behalwe. Buitendien, as dinge uitwerk soos dit moet, behoort dit 100/0 te wees. Vir Topo se dreigemente skrik hy niks. Na 40 jaar in Afrika, skrik 'n huursoldaat nie maklik nie.

En skaars het hy hier op Alexanderbaai geland, of die geluksgodin het weer geknipoog. Nee, sy het nou sommer, kaplaks, 'n hele soen op sy wang geplak. Want dit was net 'n skimp of twee voor Nama kroegman Barnabas Bok ja gesê het, van daardie klippers weet hy wel.

Kees kon sy eie twee ore nie glo nie. Ja, het Barnabas vertel, een van die Namas wat verdrink het, was sy halfbroer. Selfde ma, twee pa's. Nog voor die twee smokkelaars destyds gevang was, het hy, Barnabas Bok, al geweet waar die klippers weggesteek was. Sy halfbroer het hom in sy vertroue geneem vir ingeval dinge verkeerd sou loop.

"Hoekom het jy nie al lankal met die goed laat spaander nie, Barnabas Bok?" wou Kees weet.

"Nee, daai klippers was te warm," was die antwoord. "Dit moes eers afkoel. Handeldryf is buitendien nie op my spyskaart nie. Ek moes wag op iemand om hand te kom gee. Die regte man met die regte talent op die regte tyd."

En hier sit Kees Ietmans nou, die regte man met die regte talent op die regte tyd. Hier in die kroeg op Alexanderbaai. Die plek met 'n geskiedenis in smokkel, soos meeste plekke in en om Namibia se Sperrgebied. Vanwaar hy binnekort gaan vertrek om daardie hand vol diamante vir 'n welverdiende pensioen te verruil.

Sy aksieplan is haarfyn uitgewerk. Stap een is: kry die diamante in die hande. Stap twee is: vertrek noordwaarts na die Richtersveld oorgrenspark. Stap drie is: raak êrens in die woestyn van die Nama ontslae, iets wat vir 'n huursoldaat deel van 'n dag se werk is. En as hy eers in die park is, sal dit maklik wees om die !Gariep oor te steek, Ai-Ais toe. Daarna sal die res volg, want sy eie netwerk in Windhoek weet van die besending wat kom.

Na die Richtersveld

Toe hulle die volgende oggend uit Alexanderbaai vertrek, flikker die sterre nog helder oor die uitgestrekte hemelgewelf van die Richtersveld.

Kees vra waarheen hulle ry, maar al wat die Nama sê is, diamante toe. Hy beduie met 'n krom voorvinger en hulle ry noordoos, die oeroue lawa-landskap van die Richtersveld in.

"Hoekom ry ons nie padlangs nie?" vra Kees.

"Ry jy padlangs, word jy gesien. En word jy gesien, word jy onthou."

Hulle ry dieper die vlaktes in met die magtige Oranjerivier wat links van hulle blink oor die horison streep. Weldra is die viertrek 'n stippel in die verlatenheid en skaars is die son op, of die woestyn begin sy ware kleure wys.

Kees trek die pampoenblaar hoedjie laer oor sy kop. Hier kom 'n helse dag, minste 50 grade C in die skaduwee. As daar skaduwee is, bygesê, want sovêr die oog kyk, is g'n boom in sig nie. Net hier en daar 'n halfmens en 'n baster kokerboom. En kleiner plante wat van skaduwee maak niks weet nie. Peperbos en rooivyebos, het Barnabas die plante genoem.

Tog is daar miljoene sulke bol- en vetplante wat 'n tapyt hier oor die Mars-landskap gooi, sommige so klein dat die oog dit maklik mis. Ja, het die Nama vroeër verduidelik, die plantjies kry water van die mistige Malmokkie wat gereeld 'n klam kombers van die see af hier oor die woestyn uitrol.

Net na sonop, hou die Nama stil en klim uit die viertrek. Bakhand kyk hy weswaarts, na die pad wat hulle gekom het. Asof hy iets vreemds gewaar het.

Kees kyk ook terug, maar sien niks. Toe ry hulle verder.

Barnabas Bok se planne is agtermekaar.

Sovêr het hy hom dom gehou, want domheid bied skuiling. Jy kan tot teen jou vyand kom sonder dat hy weet wie jy rêrig is. Soos hierdie Kees. Slinksheid staan oor die Hollander se wit bakkies geskryf en hy,

Barnabas Bok, weet wanneer hy met 'n skelm te doen het. Dit vat een suipkalf om 'n ander een by die agterdeur raak te sien, grinnik hy onderlangs.

Eerste ding was om die duusman diep in die woestyn te kry. En dis waar hulle nou is, hier in die omtes wat hy, Barnabas, van sy kleindag af ken. Tussen Cornellskop, Sanddrif en Kuboes. En dis hier, in daardie verlate Wondergat, waar die diamante wag, soveel jare al. Die Wondergat wat die Namas met groot respek Heitsi-eibib noem.

Baie keer wou hy werk van die blinkes maak, maar moed het hom nog altyd ontbreek. Geen mens met verstand sal die Wondergat sommer net so aandurf nie, al lê daar hoeveel diamante onder op die bodem en wag. Nee, San-god Heitsi-eibib waak nie verniet oor die Wondergat en sy kosbare inhoud nie, selfs in die gedaante van Grootslang, daardie reuse-reptiel wat soveel gierige oortreders in die verlede reeds in die dieptes van die bodemlose gat afgepluk het.

Darem kon hy, Barnabas, oor die jare liggaam en siel aanmekaar hou, en net die wete dat die klippers veilig daar in die Wondergat lê en wag, het getroos. 'n Neseiertjie, daar diep in die buik van moederaarde, by wyse van spreke.

Nou het hierdie Hollander gekom en oor die blinkes begin vra en dadelik het hy, Barnabas, geweet dis daardie breek waarvoor gewag het. Met so 'n gierigaard kan jy werk, want jy weet vooraf wat hy gaan doen. Hierdie huursoldaat sou die blinkes verkoop kry, teen 'n goeie prys en hy, Barnabas, moes net sorg dat hy teenwoordig is as die klippers van hande verwissel.

Hy grinnik onderlangs. Hy sien uit na hierdie ekspedisie, veral as hy dink aan al die verrassings wat op hierdie windgat Hollander wag.

Die ou viertrek brom voort en later ry hulle deur 'n nou poort met styl rotswande aan beide kante. Skielik trap Barnabas rem en die voertuig kom met 'n gesleep van wiele tot stilstand. 'n Stofwolk sak oor die voertuig neer.

Barnabas klim uit en beskou die een rotswand met skrefiesoë. Hoog op teen die wand, gewaar hy weer die rotstekening. Ja, hy het hom dus nie verbeel nie. Dit moet iets wees wat sy voorsate in die gryse verlede teen daai rots moes geteken het, maar hoekom gewaar hy dit nou eers? Ken hy nie hierdie deel van Richtersveld soos die palm van sy hand nie?

Toe, skielik, onthou hy van die gerugte die afgelope paar dae daar in Alexanderbaai. Oor die rotstekening van 'n bakoor wat kwansuis uit die niet sou verskyn en dan net weer verdwyn. Gerugte wat hy as dronkmanstories afgelag het.

Ja, hy sien nou duidelik dis presies waarmee hy hier te doen het. Op 'n afstand sien hy selfs die blink ding op die tekening se oor. Soos 'n diamant, al skitterend in die laat oggendlig, presies soos die gerugte dit wou hê.

"Wat sien jy?" vra Kees.

"Niks," antwoord Barnabas en toe kruie hulle voort, dieper en dieper die groot verlatenheid in.

Middel-oggend is dit warm, versengend warm. Ja, besluit Kees, vir eeue al het die son elke liewe dag 'n appeltjie met hierdie woestyn te skil.

Hulle stop op 'n randjie en Barnabas beduie deur die windskerm na 'n klein nedersetting op die vlakte voor hulle. "Dis Kuboes."

"Wat daarvan?" vra Kees, nors. "Moet ek iets oor die plek weet?"

"Nee, niks, behalwe dat die Wondergat nou naby is. Dis waar die diamante versteek is. Vat jý nou die stuurwiel en ry aan soos ek sê."

Kees reageer met nuwe geesdrif en tien kilometer vêrder stop hulle by 'n vreemde rotsformasie. Om hulle heen, strek die verbrokkelde landskap steeds die oneindigheid in. Hier en daar staan 'n halfmens in die middaghitte, tydloos, asof die boom op wag staan om een of ander geheim onder die duine te bewaak.

Barnabas klim uit en beduie na 'n ronde opening in die gryskleurige rotsformasie.

"Dit, Duusman, is die Wondergat. Heitsi-eibib, soos ons dit noem. Iewers, op die bodem, lê die blinkes en wag en dis die einste klippertjies wat ek nou gaan haal. En jý, Duusman, gaan hier wag. En om seker te maak jy slaat my nie oor die kop nadat ek jou die klippe gegee het nie, gaan ek voorsorg tref."

Toe, doodluiters, haal Barnabas 'n ou skroewedraaier onder sy hemp uit, tel 'n klip langs die viertrek op, buk by die een voorwiel en slaan die vlymskerp punt diep in die band. Wind suis deur die gat. Toe stap hy oor na die ander voorwiel en doen die selfde.

Kees Ietmans is te geskok om te beweeg en Barnabas blaas die agterwiele ook af.

Toe, steeds doodluiters, maak Barnabas die enjinkap oop en met dieselfde klip, slaan hy die boonste gedeelte van die enjin aan flarde. Warm water spuit met 'n gesis by die gebreekte verkoeler uit.

Toe kry die Hollander lewe. Hy vlieg uit die voertuig wat skeef begin hang en druk die loop van sy pistool tussen Barnabas se oë. "Is jy van jou donderse sinne beroof! Ek's lus en skiet jou vrek!"

"Nee, Duusman, nie eens jý sal so dom wees nie. Net ék weet hoe om die klippertjies daaronder in die hande te kry en net ék weet hoe ons dit uit hierdie vallei gaan kry. Ja, net ék weet."

Die Hollander gaan sit verdwaas in die skaduwee van die viertrek en nou besef hy Barnabas Bok sit met al die troewe. Dit kan dae vat om die viertrek herstel te kry. Dis nou te sê as dit enigsins wél herstel sal kan word. En op geen ander manier sal hy, Kees, alleen uit hierdie woesterny kom nie. Om nie te praat van hoe hy die diamante onder uit die Wondergat gaan kry nie. Hy hoor Barnabas vêrder praat.

"Jy sien Duusman, jy kan hier bly en probeer terugstap Alexanderbaai toe. Of Kuboes toe. Sonder die blinkes. Of jy kan saam met my en die diamante Ai-Ais toe. Met die voet. Dis my wêreld hierdie en ek kan maande so van die veld af leef. Ek weet waar's water en hoe om kos uit die veld te haal. Ek weet van gorra, baroe en van ghaap. Jy nie. Ja, jy weet niks van die woestyn af nie."

Steeds die kalmte vanself, haal Barnabas 'n tou agter die voertuig uit, knoop die een punt aan die voorste buffer, gooi die res van die tou in die diepte van die donker gat af en daar verdwyn die Nama na benede, soos 'n wafferse bergklimmer.

Kees staar na die opening waardeur Barnabas pas verdwyn het. Hy skud sy kop, asof dit sal help om wat nou met hom gebeur, te verwerk. Hy is aan die Nama se genade oorgelaat en saamspeel is al opsie wat hy nou het. Hoe kon hy die man so onderskat het?

Kees gaan sit agter die stuurwiel en spoedig knik sy kop van die vaak. Hy's nie meer aan die hierdie hitte gewoond nie. Later skrik hy wakker met Barnabas wat hom deur die kantvenster van die viertrek staan en betrag. Die Nama hou 'n tabaksakkie uit en Kees keer dit in sy handpalm om.

Toe trek hy sy asem in.

Dis asof al sy lewensdrome skielik, binne een enkele sekonde, in sy hand kom lê en blink. Hy wil lag en huil, tegelyk. Die diamante skitter in miljoene vonke in die hitsige woestynson. Vir 'n oomblik oorweeg hy dit om die Nama hier by hom sommer nou summier met sy 9 mil die niet in te blaas. Maar dis of Barnabas sy gedagtes lees.

"Hierdie is net 'n kwart van die blinkes. Jy gaan dit eers vir ons verhandel, dan kom ons terug vir die res. Soos ek gesê het, sonder my is dit verby met jou,

Duusman. Wie dink jy gaan jou hier rond help? Veral as jy met my bloed op jou hanne sit?"

Hy's weer gestonk, besef Kees. Deur hierdie uitgeslape Nama.

"Hoekom Ai-Ais toe?" vra hy nietemin, "ons kan mos die transaksie hier êrens in die Republiek beklink. Springbok, Upington, enige plek."

"Daar's oral lokvalle in hierdie omtes. En jy was buitendien op pad oor die rivier Ai-Ais toe, Duusman. Dis jou manier van doen. Jou kop werk so."

"En as ek op pad na 'n ander bestemming toe was?"

"Dan moet jy maar jou kontakte laat weet om Ai-Ais toe te kom. En ons het nou genoeg gepraat. Kry jou goed uit die voertuig. Ons loop nou. Dis dae se stap, maar hier gaat ek nou."

Woes in die woestyn

Barnabas Bok begin stap in 'n noordoostelike rigting.

Hy het net 'n knapsak en 'n opgerolde kombers by hom. Kees Ietmans gryp sy rugsak agter uit die viertrek en drafstap agterna. Die bordjies is verhang en baas het binne minute klaas geword.

Uur na uur stap hulle deur die maanlandskap van die Richtersveld, twee spikkels in die onherbergsame lawa-woestyn. Dis berge, kranse, rotse op die horison en naderby is die vlakte met basterkokerboom en halfmens besaai.

Dan en wan gewaar hulle 'n reebok of duiker op die wal van die droë-loop, maar dan verdwyn die dier asof dit net in hul verbeelding daar was. Van digby word hulle deur koggelmanders en akkedisse beloer – skurwe lyfies versteen op klip en rots in die onmeetlikheid om hulle heen.

Hulle stap in stilte en Kees moet bene rek om by te bly. Later hurk Barnabas in 'n droë rivierloop en grawe sand eenkant toe. Hy sak af op sy maag om syferwater uit die gorra te suig. Kees val neer en slurp dorstig monde vol sand saam met die dun watertjie op.

Hulle stap voort, maar Barnabas draai kort-kort terug om die vlaktes agter hulle te bespied. Dan vee Kees sweet uit sy oë, kyk ook terug, maar gewaar niks. Net lugspieëlings wat verraderlik oor die gesigseinder kaats.

So stap hulle voort met stewels wat knars, knars, knars, al met die droë rivierloop langs.

Skielik steek die Nama vas en staar voor hom uit, in die rigting waarin hulle stap. Hy lig sy arm en wys na 'n rots, skuins oorkant die rivierloop.

Kees kyk. "Wat is dit? Wys jy na daai Boesmantekening?"

"Dis waarna ek wys, ja. Wat anders? Dis 'n bakoorjakkals. Hy's op ons spoor, al die pad van Alexanderbaai af."

Nou kyk Kees Ietmans skuins na Barnabas Bok. Agterdogtig. Maar toe roep die Nama weer.

"Kyk!"

Kees kyk en hierdie keer snak hy na sy asem. Die bakoor is nou weg van die rots en kom liggies oor die sand nadergedraf, ore soos antennas gespits. Op die linkeroor, skitter iets soos 'n diamant in die spierwit son. Nader en nader kom dit, vlugvoetig oor die warm riviersand.

Tot vlak voor hulle.

Barnabas sak op sy knieë af, want nou sien hy wat dit is. Dit ís toe 'n figuur uit sy voorouers se tyd! Deur 'n sjamaan geteken, dalk nog deur Heitsi-eibib self. Die Nama buk vooroor, gesig in die sand en begin prewel. Dit gaan oor in dreunsang wat om vergifnis pleit. Oor al sy sondes, veral die's wat hy nog met die verleidelike klippe sou pleeg.

"Die ding is hondsdol!" gil Kees en bring sy 9 mil te voorskyn.

Voor Barnabas kan keer, klap die eerste skote, dwarsdeur die swewende rotstekening. Hopies sand spring op, 'n meter agter die jakkals se lyf.

Maar die diertjie is min gepla en storm nou verwoed op Kees af.

Die 9 mil, knal, knal, knal en toe klik, klik, klik. Die magasyn is leeg.

Toe gaan die bakoorjakkals vir die huursoldaat se keel.

Die viertrek met Zelda agter die stuur, gons gewillig op die verlate pad met Alexanderbaai nou 'n stewige ent agter die voertuig se uitlaatpyp. Cornellskop wag agter die horison en as hulle gelukkig is, wag e!Ansie die bakoorjakkals ook iewers in die omtes van die Wondergat.

Karel kyk skuins na Zelda. Hierdie niggie van hom laat dinge vinnig gebeur, besluit hy vir die soveelste keer. En as als vlot, behoort e!Ansie binnekort veilig in die digitale geheue van sy selfoon, Sammy te sit. Dis nou as alles wél vlot gaan verloop, wat nie noodwendig so gaan wees nie. Met die e!Kang's weet jy nooit.

Hulle het die vorige dag in Alexanderbaai geland en dadelik die polisiekantoor opgesoek. Nee, het die bevelvoerder gesê, op die oomblik ondersoek hulle niks spesifiek nie, maar hulle weet wel van twee mans wat die dag vantevore met 'n viertrek weg is, rigting noordoos. Wat beteken dat hulle bestemming net Heitsi-eibib, die Wondergat, kan wees.

Wat van die gerugte oor die sogenaamde bakoorjakkals wat hier spook? wou hulle weet, maar die bevelvoerder het net gelag en skouers opgehaal. Nee, het hy gekeer, om allerhande stories rond te strooi, is eeue reeds tradisie hier in die woestyn.

Hulle het toe die lendelam viertrek by die plaaslike motorhawe gehuur en koers gekry, rigting Cornellskop.

Ure later kry hulle die viertrek met die pap wiele en die stukkende enjin by die Wondergat.

Hulle ry terug Kuboes toe, vra rond en hoor dat twee mans wel met die voertuig gekom het, maar te voet daar weg is, noordoos, rigting Ais-Ais. Barnabas Bok is bekend in die omtes en dra 'n geel T-hemp en blou jeans, vertel iemand. Die ander een dra 'n kolletjies-oorpak, soos 'n soldaat.

33

Al stampende ry Karel en Zelda met die viertrek terug, weer verby die Wondergat, agter twee rye spore aan. "Ja," sê Karel, "hierdie spore lyk onlangs getrap."

"Hierdie plek gee nuwe betekenis aan die woord warm," kla Zelda onder haar kakie paprandhoed uit. "Die duiwel kon lankal 'n takkantoor vir die hel hier oopgemaak het en miskien het hy al."

Sy wys met die hand na twee bergsebras wat hulle van bo 'n klipkrans af dophou. Twee gestreepte skimme in die onmeetlikheid. Waarvan sou die diere leef? vra sy haarself.

Minder as 'n uur later kom hulle op die toneel af: twee mans wat oop en bloot op die sanderige rivierbedding lê, 'n paar meter van mekaar af. Karel is koud geskrik, die hitte binne die viertrek ten spyt. Het een van sy e!Kang's toe uiteindelik gemoor? Manslag gepleeg? Sommer twee lyke agtergelaat?

Zelda drafstap oor die sand, Karel hinkepink agterna. Sy spring van een slagoffer na 'n volgende. "Hulle leef, Karel! Liewe aarde! Hoe lank sou hulle al hier lê?"

Die man in kamoefleerdrag het bytmerke aan sy keel en voorarms, sy uniform is 'n paar plekke aan flarde geskeur. Die Nama lyk nie veel beter nie, maar is nou by sy positiewe. Oor en oor prewel hy Grootslang en dan Heitsi-eibib se naam.

"Dat hulle nog lewe is 'n wonderwerk," sê Zelda. "Hulle moes die heelnag hier in die oopte gelê het. Ek sweer dit wemel hier van roofdiere. Luiperds, hiënas, jakkalse."

34

"En bakoorjakkalse," voeg Karel by.

Hy bekyk die misdaadtoneel. Sleepmerke in die sand wys dat die man in kamoefleerdrag iewers heen probeer kruip het. Seker na skuiling gesoek, iewers op die droë rivierwal. Toe rek sy oë. Die man klem 'n leë tabaksakkie in sy linkerhand en 'n streep klippies lê in die sonlig in sy sleepspoor en skitter.

Zelda staan langs Karel. "Lyk of sy gierigheid hom agtervolg het, amper tot die bitter einde toe. Kom, hulle moet in die voertuig kom, uit die son uit. En dan water kry."

Dis toe dat hulle die bakoorjakkals gewaar. Oorkant die droë rivierloop, teen 'n rots geëts. Roerloos, asof dit vir eeue al daar is.

"Sammy, Zelda. My Samsung," fluister Karel. "Gou, seblief. Dit lê agter op die sitplek."

Karel hink oor die riviersand, tot twee meter van die rotstekening af. Die oorbel op die linkeroor blits in die son. Sammy klik en in die skel wit sonskyn, verdwyn e!Ansie met 'n vonk.

"Goeie f sterretjie k," fluister Zelda, oë pierings gerek.

Hulle ry in stilte terug met die twee gekneusde passasiers wat agter in die voertuig lê en kerm en kreun. En toe hulle later weer by die Wondergat verbyry, weet Karel een ding: hy gaan hierdie plek weer besoek, een of ander tyd.

Die Navio Pirata

Kaptein Sal Teador vloek soos net 'n matroos kan.

Met hierdie vaart loop alles verkeerd. Enige mens met verstand kon dit verwag, want as jy forseer word om van jou missie af te wyk, sál dinge skeefloop.

Hande in die sakke, drentel die kaptein na die patryspoort van sy kajuit en tuur na buite, oor die grys oseaan. Bakboordkant, reg noord, lê die deinserige kus van Afrika. Die Navio Pirata is nou etlike seemyl uit Kaapstad op pad na sy geheime bestemming in die Midde-Ooste. Jemen, om presies te wees.

So, hulle moet nou in die omstreke van Mosselbaai wees? Of is dit reeds Plettenbergbaai?

Ja, tref dit die kaptein, vir die eerste keer in sy lewe, voel hy rigtingloos. 'n Kompasnaald wat dwarsoor die windroos swaai, van noord na wes, na suid, na oos, en weer terug na noord. Asof hy en die Navio Pirata hierdie keer nie hul bestemming gaan haal nie. 'n Uitkoms wat die kaptein glad nie sal verbaas nie.

Hy draai terug, sit in sy gemakstoel en loer in die rigting van die drankkabinet in die hoek van sy kajuit. Waar sy ou vriend Captain Morgan wag. Nee, besluit hy, dis nog te vroeg. Die bemanning vind straks uit hy het 'n drankprobleem. As hulle dit nie reeds weet nie, bygesê.

Toe-oë luister hy na die ritmiese geklop van die skeepsenjin soos die vaartuig deur die deining van die

Indiese Oseaan ooswaarts ploeg. Op, af. Op, af. Ritmies, soos 'n waterdier wat asemhaal.

En so kry sy gedagtes koers na die gebeure van die afgelope week. Hy was al besig om sy nette by die Waterskilpad-eilande suid van Freetown te gooi, toe die boodskap uit Las Palmas kom, dat hy nou 'n ander missie het. Hy, kaptein Sal Teador, visterman in murg en been vir solank hy kan onthou, het nou 'n roeping waaroor hy homself skaam.

Hou verby die viswaters van Sierra Leone, het die opdrag van Topo gekom. Mik verder suid na Kaapstad, sorg dat jy plek in die hawe kry waar jy dan op verdere bevele wag.

Plek in die hawe kry? Makliker gesê as gedoen, want hy moes oor 'n stukkende enjin lieg voordat die hawekaptein hom uiteindelik vasmeerplek gegee het. En dit eers 'n hele drie dae later.

Hy onthou Tafelbaai se wind, die wit wolk oor die berg aan stuurboordkant en Mandela se eiland aan bakboordkant. En die werkspan wat al swyende aan boord gekom het om 'n deel van die vragruim onder die dek na woonkwartiere te verander. Om mense te huisves, tydelik.

Toe is die 'mense' aan boord gebring. Kinders. Topo se handelsware. Verwese, geskok, sommige bedwelm met oogpupille glasig wyd gerek. Met die trappe af na die woonkwartiere waar hulle sou moes leef totdat hulle Jemen haal. Kwartiere wat, ten spyte van die werkspan se haastige pogings, steeds na soutwater en vis gewalm het.

Die kaptein kon sy eie oë nie glo nie. Hy het verwese kinders gadegeslaan en weereens besluit dat landrotte se barbaarsheid teenoor mekaar geen grense het nie. Soos landrot Topo op wie se bevel hy nou hierdie missie moes aanpak. 'n Sinistere mens, hierdie Topo, by elke denkbare misdaad onder die son betrokke. Wildstropery, diamante, motorkapings, die stroop van seelewe, kinderhandel, noem maar op. Hy, Topo, is grootbaas van die sindikaat, maar dis of die man in persoon eenvoudig net oral is. Veral deesdae, word daar in die sindikaat geskinder.

Maar, word ook gefluister, die einste Topo het onlangs glo sy rieme styfgeloop, iewers in die Suid-Afrikaanse bos. Mpumalanga, heet die plek glo. Waar die magtige Mafioso gebreekte ribbes, 'n gebreekte kakebeen en 'n paar ander wonde opgedoen het. Niemand weet wat presies daar gebeur het nie. Net dat die baas so moerig was dat hy die bestuur van die hel by die duiwel kon oorneem. Alles en almal om hom word glo deesdae verskreeu.

Uiteindelik raak die kajuit vir die kaptein te klein en hy begewe hom na die skip se brug. Hy knik afwesig in die rigting van die tweede-stuurman wat aan diens is. Op die brug tuur hy oor die gryse see, hande op die instrument-paneel, oor die waters wat hom 'n leeftyd lank lok. Waters waaronder geheime skuil. Onmeetbare dieptes, vol lewe en voedsel vir die massas landrotte wat vreet en vreet en in die proses hulself van die aardbol af teel.

En dis hier waar hy, kaptein Sal Teador, homself in die voedselketting plaas. Solank daar diegene is wat moet eet, sal iemand soos hy bestaansreg hê. Dis hoekom hy vir jare al die blinklywe uit die waters optrek na bo, sonder 'n skuldige gewete.

Maar omdat hy nie by 'n spul absurde reëls hou nie, is sy aksies kamtig onwettig. Word hy as 'n stroper uitgekryt. Hy, visterman vir 'n leeftyd al, is toe skielik 'n misdadiger. Wat, verbeel jou, onwettig optree!

Onwettig, onwettig, onwettig. Alles is deesdae onwettig. Want dis maklik vir die spul groenes wat die aarde heeltyd so wil red om alles onwettig te verklaar. Dan sit die spul ook nog op sagte stoele in kantore met lugreëling en maak wette wat sý lewe hier op see bepaal.

Baie spesies in die oseane word bedreig, moet hy gereeld hoor. Glo van alle soorte. En dis hý, 'n stroper, wat onwettig visvang met onwettige metodes en onwettige nette en onwettige apparaat, wat die skuld vir alles kry. Asseblief! Net asof 'n permit 'n verkil sou maak. Asof 'n stuk papier sal verhoed dat 'n spesie uitsterf.

Maar die groenes dínk net hulle weet beter, grinnik die skipper en skielik voel hy sommer weer goed. Al maak hulle wette totdat dit by hul ore uitpeul, sal bitter min sogenaamde oortreder hulle in elk geval daaraan steur. Op see sorg jý dat jy aan die lewe bly. Op see maak jý soos jy goed dink. Op see maak jý die wette.

En hoe naïef is die wetstoepassers nie. Daar's soveel maniere om die blinkes uit die water te kry. Aanland te kry. Verkoop te kry. Veral teen die weskus van Afrika op. Sý gebied. Arm lande met waters wat wemel van vis. En wemel van amptenare wat oophand wag vir 'n omkoop-geldjie as hulle jou vasgetrek het.

Beste van alles is, dat die mark vir seekos so onversadigbaar is. Almal smul en wie vra nou waar die vis op jou bord vandaan kom? Ook is daar 'n smaak vir alles: walvisse, dolfyne, seeskilpaaie, seekat, swaardvis. Selfs vir die by-vangs is daar 'n mark. Dis nou die goed wat toevallig in jou vangnet beland – meeue, albatrosse, malgasse, eende en dosyne ander spesies vis. En is deler dan nie so skuldig soos steler nie?

Maar, weet kaptein Sal Teador, sy missie het in elk geval nou verander. Die Navio Pirata gaan voortaan vangste van 'n ander aard karwei. Hierdie besending na Jemen is maar die eerste van vele wat kom, dit voel hy duidelik aan. Mensehandel is aan die orde van die dag en logies sou Topo en sy sindikaat daarby betrokke raak. Dit weet kaptein Sal Teador, al is hy heeltyd aan boord die Navio Pirata, sy eie wêreld ter see. Sy eie persoonlike eiland, weg van alles af. Weg van die landrotte en die gruweldade wat hulle teenoor mekaar pleeg.

Maar, besef die kaptein, hy het egter nou ongevraag deel van die gruwels word. Ja, hy het sy onskuld ast'ware verloor en hy weet nie of hy kans sien nie.

Maar hoe gemaak as jou bevele direk van 'n man soos Topo kom?

Daardie aand is dit weer hy en sy ou vriend, Captain Morgan. Vanaand egter teug hy dieper as gewoonlik aan die bottel rum. Enige iets om sy gedagtes weg te kry van die vrag hier onder in die ruim. As hy net die gesigte van die meisies uit sy gedagtes kan weer. Die dowwe, vraende oë, stom geskrik. Veral onthou hy die een met die wit vlegsels wat die pienk hasie heeltyd so teen haar bors vasdruk.

Later stap hy op die bodek uit. Al is dit nou donker, bly hy buite sig van die brug. Die eerste-stuurman aan diens mag hom nie so onvas op sy voete sien nie. Hy kyk noord, landwaarts, maar behalwe 'n stippeltjie lig vêrder weg, slaap Afrika sy ewige diep, donker slaap. Watter ligte sou dit wees? Kan net Mosselbaai wees.

Hy mik terug na sy kajuit, steeds onvas op die voete, maar skielik steek hy vas. Hy kan sommer voel iets skort en hy kon nog altyd sy sesde sintuig vertrou – al is sy kop soms beneweld, soos nou. Hy klim met die leer af na die skip se ingewande, verby die nuwe woonkwartiere waar die meisies aangehou word. 'n Plek wat hy nou vermy.

Heel onder in die skip is die donkerte amper tasbaar, tog betree hy die diepste deel van die vragruim. Die plek is verlate, nie 'n geluid nie. Hy draai terug, maar toe gewaar hy dit. 'n Reusagtige figuur teen die skeepswant geëts. Dit lyk na 'n rotstekening, tog is dit of die beeld effe in die donker gloei. Die kaptein staar en staar. Is dit nou die Captain Morgan wat met sy kop smokkel? Nee, tog nie, dis sowaar 'n tekening van 'n monsteragtige slang. Moet die werk van 'n matroos met humorsin wees. Een met te veel ledige tyd.

Die skipper steier agteruit, want die ding teen die muur beweeg. Kom reguit na hom aangeseil. Hy skreeu, maar sy stembande is droog.

Hy sak op sy knieë af, druk sy hande voor sy oë en besluit nee, alles is reg. As hy weer gaan kyk, sal die gedrog weg wees. Hoe anders? Maar nee, dis nie weg nie. Inteendeel, dit troon nou bo hom uit, soos 'n slang maak net voor hy pik.

Hy voel iets om sy voete knel. Dis 'n stuk tou, van iewers af. Hy word, kop na onder, teen die leer op na die bodek gesleep. Vanwaar hy met die tou om sy voete oor die kant van die skip na benede gelaat word.

Hy gryp na sy pet, te laat. Dit tuimel na onder, tot op die watervlak. En dis waar sy kop ook sekondes later is, rakelings bokant die see. Maar nie hoog genoeg nie, want branders slaan oor sy ore, oë, neus. Kaptein Sal Teador spartel, proes, hoes, spoeg seewater uit, skop, swaai met die arms en skreeu, maar vergeefs. Niemand hoor hom bo die branders en geklop van die skeepsenjin nie.

Hoekom hang hy so onderstebo langs sy eie skip? Aan die tou wat hoog bo-op die dek deur die gedrog vasgehou word. Asof die ding besig is om te hengel? Toe besef die kaptein: ja, dis presies wat gebeur! Daar word gehengel! Met hom as aas! Waarvoor?

Maar die visterman hoef nie lank te wonder nie, want in die doflig van die sekelmaan, sirkel die eerste swart driehoekige vin van 'n haai om die skip.

Mosselbaai

Die geroesemoes in die Witborskraai is oorverdowend.

Dis Siti se eerste besoek aan 'n seemans-kantien en, om die minste te sê, is sy nie beïndruk nie. Nog minder met die verloop van sake wat haar tot hier gekry het. En veral met Benner wat hier langs haar sit en suip asof hy self 'n matroos is.

Sy bedink die verloop van gebeure wat die twee van hulle tot hier in die Witborskraai gebring het. Wat begin het pas nadat sy en Benner terug uit Mpumalanga op Kangoberg aangeland het. Met Benner wat 'n dag of wat later met 'n stralende bakkies aan haar voordeur kom klop het. Dis nou nadat hy haar per WhatsApp laat weet het dat hy haar dringend moet sien.

Ja, het hy verduidelik, daar's 'n volgende e!Kang's krisis op pad en Karel het gevra hy, Benner, moet help. Eintlik nie gevra nie, het hy bygevoeg, eintlik het Karel hom gesmeek. e!Bongi die waterslang is glo besig om amok in Mosselbaai te maak. En, het Benner ewe nonchalant bygevoeg, wil sy wat Siti is, nie dalk saamkom nie?

Siti het gemaak of sy niks weet nie, haarself dom gehou en ewe nonchalant gesê sy weet nie of sy kan help nie, maar laat sy daaroor dink. Want die tyd stap aan en sy moet haar sake vir Potchefstroom regkry.

Benner het hom egter nie van stryk laat bring nie en uitgebrei oor die dilemma waarin Karel homself nou bevind, veral met die polisie ook nog op sy spoor. Die arme Kareltjie. Én, het hy gespog, hy, Benner, is in besit van daardie program tPort, 'n feit wat hom nou 'n sleutelspeler in hierdie hele drama maak.

Op daai oomblik het Siti weer met 'n skok besef dat tPort inderdaad in Benner se besit is. Om die vent nou onder haar oë weg te laat, sal 'n dwase ding wees om te doen. Sodoende kan sy op 'n manier ook vir Karel help.

"Goed, Benner," sê sy en staar hom onvriendelik in die oë. "Waar gaan ons oornag, daar in Mosselbaai ?

"Jy weet tog waar, Siti," het hy skelm gelag. "By ons strandhuis daar. Dit staan leeg en jy sal jou eie slaapkamer hê. Ons hoef ook nie meer as een nag daar te wees nie. Tensy ons dit sommer ons honeymoon wil maak?"

'n Dag later was haar tas weer gepak en vir die soveelste keer moes sy vir haar ouers lieg. "Nee, Mamma, nee Pappa, ons gaan by vriende op Mosselbaai kuier. Hartenbos. Net vir 'n dag of twee. Moenie bekommer nie."

Nie bekommer nie! As hulle maar geweet het waarmee hulle dogter besig was.

Benner kyk onderlangs na Siti. Hulle sit by die kroegtoonbank met Siti wat met haar dikmond geen geheim daarvan maak dat die Witborskraai nie háár soort kuierplek is nie.

Hy teug aan sy bier en probeer die gebeure van die afgelope paar dae in plek plaas. Wat natuurlik moeilik is. Verbeel jou, rotstekeninge wat via die internet amok in die werklikheid maak? Tog, dis iets wat hy met sy eie twee oë aanskou het en daar in die lodge, ook aan sy eie lyf gevoel het.

Dis asof hy nou werklik deel van daai rekenaarspeletjie van sjamaan Karel geword het. En deur die einste sjamaan met 'n muis beheer word. So gepraat, hy sou bitter graag e!Benner daar in Jozi in aksie wou sien, maar toe Siti so mooi vra dat hy haar huis toe moes neem, kon hy nie die kans laat verbygaan nie.

Nie dat hy juis veel vordering met haar gemaak het nie, want sy droommeisie is boos, veral nadat hy haar onder die peperboom daar langs die pad die waarheid oor haarself vertel het. Dat sy met verliefde dudes se harte speel en dat dit net hop-along Kareltjie is wat haar sovêr 'n les kon leer.

Sal hy ooit die soen onder daai einste peperboom vergeet? Hy, hartbreker dude wat hy is, het al talle meisies gesoen, maar dáái soen was iets anders. Hy moes homself na die tyd oortuig dat dit werklik gebeur het.

Tog, wonderlik soos dit was, het iets omtrent die soen gepla. Wat? het hy gewonder en toe besef dat dit, van Siti se kant, nie 'n sexy soen was nie. Nee, dis of die meisie hom oor iets wou troos. Maar, het hy gelate besluit, daai soen was beter as niks, sommer báie beter. Én, as hy sy kaarte reg speel, kan daar nóg soene kom.

Met daai tPort program op sy selfoon, kán hy sy kaarte reg speel, daarvan is hy seker. Hy moet net verby tPort se flippen wagwoord kom om die ding op e!Bongi te toets. As dit werk, sal hy sorg dat dit op sy foon bly, ten alle koste.

Hoe, waar en wanneer hy tPort daarna gaan gebruik, weet hy nog nie, maar een ding is seker, pappa Topo sal hom vir seker met daardie besluit help.

"Julle het seker van die skip hier buite die hawe gehoor?" onderbreek die kroegman Benner se gedagtes. Die kletskous van 'n man leun ewe vertroulik oor die toonbank na Benner en Siti toe.

"Nee," hou Benner hom dom. "Watter skip?"

"Die Navio Pirata. Die afgelope dag of twee was daar glo groot sports op daai dek."

"Watse sports?"

"'n Pel van my in die hawepolisie sê daar's 'n gedrog aan boord. 'n Moerse waterslang wat die kaptein en die bemanning van die skip af verdryf het."

"'n Moerse waterslang?" vra Benner en probeer steeds skepties lyk. "En jy glo dit?"

"My pel sal nie vir my lieg nie. Hy's 'n polisieman."

"Kom nou," stu Benner voort en loer ewe vermakerig na Siti. "Jou pel is 'n cop? Wat sulke rumors rondvertel?"

"Het iemand iets oorgekom? Seergekry?" vra Siti.

"Blykbaar net die stomme kaptein. Hy't kwaai deurgeloop."

"Deurgeloop?"

"Die slang het hom vir aas gebruik. Visaas, sê ek julle. Om haaie mee te vang. Dis asof die slang die kaptein wou laat voel hoe dit is om aan die verkeerde kant van 'n visstok te sit. Hoe die kaptein oorleef het, weet niemand."

"Please," sê Benner, "jy verwag tog nie ons moet so 'n crazy storie glo nie?"

"Glo wat jy wil," sê die kroegman, nou effe gebelgd.

"Jy sê die bemanning het die ding ook gesien?" vra Siti.

"Praat jy! Dis hoekom die spul die skip so blitsvinnig verlaat het. Al die pad van die oop see tot op die strand met reddingsbote geroei. Gelukkig vir die skipper, het hulle hom saamgebring. Half versuip natuurlik. En spierwit geskrik. Lê nou glo in George se hospitaal. In intensief."

"Hoe het die skip dan tot hier in die baai gekom?" vra Siti, steeds versigtig. Sy's van die min vroue hier in die kroeg en Benner sien sy probeer om nie aandag te trek nie.

"Die hawekaptein het dit laat insleep. Saam met die NSRI. Maar niemand wil aan boord bly om die skip te bewaak nie. Nie eens die hawepolisie waag dit naby nie. Nie voor Interpol die skip deursoek het nie."

"Interpol?" vra Benner.

"Interpol," sê die kroegman en kyk in sameswering rond ingeval iemand afluister. "Daar was 'n klomp kinders aan boord. Tienermeisies. Glo op pad na 'n harem iewers in die Midde-Ooste. Nou word mensehandel ondersoek. Dis hoekom Interpol betrokke is. Maar julle het dit nie by my gehoor nie."

Met 'n veeg van sy lap oor die silwerskoon kroeg-toonbank, beweeg die kroegman vêrder om 'n

47

volgende oningeligte gas by die geheime van Mosselbaai in te laat. Heel vertroulik, natuurlik.

"Glo jy die vent?" vra Benner en kyk skuins na Siti.

"Ons moet nou alles glo, want as hy reg is oor Interpol, moet ons soos in gister op daai skip kom. Stel jou voor Interpol hoor van die e!Kang's."

"Jy's reg. Môreoggend is ons op daai skip, first thing. Ons kan die dingy by ons strandhuis vat. Daar's ook 'n tou wat ons oor die deck railing kan gooi om teen op te klim."

"Môreoggend?" sis Siti. "Vergeet dit, my ou. Ons gaan nóú. Vannag nog. Of wil jy hê ek moet alleen gaan? Of wag, miskien sal dit beter wees so. Ja, ek gaan alleen. Dan kan jy hier in die Witborskraai alleen agterbly en verder sit en suip. Toe, gee daai foon van jou."

'n Pienk hasie

Die Navio Pirata lê 'n hele end weg van Hartenbos se strand en gelukkig vir Siti en Benner, in 'n see wat nou kalm is.

Hulle roei nader en ten spyte van die donkerte, kry hulle die opblaasboot tot teen die skeepsromp gemaneuvreer.

Die seevlak dein sloep, sloep, sloep ligweg teen die staalwande van die romp en vêr weg kan hulle die branders naby die strand hoor druis. Die maan maak sekel in die weste en hier en daar blink 'n ster deur die mistige naghemel. Om hulle heen lê ander vaartuie bonkig voor anker in die donker baai en dein.

Albei dra duikpakke met rubberskoene. Siti s'n is nommers te groot, maar dis die minste van haar kommernis. Hoe gaan hulle die tou oor die reëling kry om teen op te klim? wonder sy. Wat wag daarbo in die stikdonkerte van die verlate skip? Sou waterslang e!Bongi steeds hier op die eensame vaartuig wag?

Benner, nou bedrewe matroos, bind die punt van die tou aan 'n weerhaak en slinger dit na bo. Met die derde probeerslag slaag hy dit om 'n dekreling gehaak te kry. Hy klim die 3 meter by die agterstewe van die skip op na die bodek. In die skemerte kan Siti hom skaars uitmaak, maar sy weet die slimfoon met tPort hang om sy nek. Sy kyk angstig toe. Val daai apparaat nou in die water, is dit verby met hul ekspedisie. En verby met baie ander goed.

Benner roep van bo en Siti vat die tou vas. Sy beur na bo, met arms wat uit haar lyf wil skeur. Benner leun oor die dekreling en trek haar die laaste halwe meter na bo. Nou staan hulle op die dek wat ligweg in die deining onder hul voete wieg.

Waar op hierdie reusagtige pikdonker skip begin hulle soek na e!Bongi?

Vreemde geluide klink uit die vaartuig se romp: ke-klank, ke-klank. Sou dit die ankerketting wees? wonder Siti. Probeer die Navio Pirata om uit eensame gevangeskap aan daardie ketting te beur? Of probeer die vaartuig net ontsnap, weg van die toneel wat met soveel drama hier op sy bodek afgespeel het?

Benner bring 'n flitslig na vore en voetjie vir voetjie verken hulle die donkerte om hulle heen.

"Hier's trappe na bo. Lyk of dit na die skip se brug kan lei."

"Nee," fluister Benner, "die brug is die laaste plek waar e!Bongi sal wees."

Die flitslig se kol skuif oor die donker dek. "Aha! Kyk! Trappe na onder!"

Hulle klim af, in die diepe buik van die skip. Benner voor met die flits, Siti voel-voel agterna. Walm na walm dring die visreuk uit die buik van die vaartuig by hul neuse in.

Hoeveel vis is al in hierdie einste ruim geberg? wonder Siti. Lywe spartelend met vin, stert en kief, desperaat vir 'n laaste teug suurstof vir oorleef? Om uiteindelik maar net iewers in 'n vrieskas gestop te word. Skoongeskrop te word. Oopgevlek te word. Vir 'n smaaklike dis met speserye en bottersous bedien.

Op spyskaarte op duisende tafels wêreldwyd. In lekkerbekkige keelgate af. Nee, betig Siti haarself, dis nie nou tyd om filosofies oor die mensdom se primitiewe eetgewoontes te raak nie.

Sy bots teen Benner wat in die donkerte voor haar staan. Die ligkol uit die flits soek heen-en-weer, heen-en-weer oor die dek, dak en mure.

Die ligkol rus nou op 'n smal enkelbed met 'n dun matras. En nog een. En nog een. Uiteindelik tel hulle twintig beddens altesaam, tien aan elke kant van die ruim. Is hulle wraggies nou in 'n slaapkwartier? Kroegman Tobie het juis van kinders gepraat! Jong meisies! Mensehandel!

"Dit kan nie wees nie," hoor Siti haarself sê. "e!Bongi is tog agter visstropers aan. Nie agter mensehandelaars nie?" Sy swyg 'n wyle, haar gedagtes 'n warboel. "Tensy ..."

"Tensy wat?" vra Benner, skor.

"Tensy...tensy e!Bongi 'n fout gemaak het."

"'n Fout?"

"Ja, dalk doen hierdie skip al twee. Visstropers én mensehandel. Ja, wag! Lig bietjie daar! Op daai bed, daar." Sy wys met die hand na 'n bondeltjie wat na pienk wol lyk. "Ja, daar! Wat's dit? Dit lyk na 'n wol hasie."

Benner buig vooroor en gee die speelding aan. Inderdaad is dit 'n pienk hasie van wol. Lang ore, blinkogies, silwer halsbandjie om die nek. En 'n kaartjie waarop iets geskryf staan. 'n Boodskappie: *Mammie is lief vir jou.*

51

Toe weet Siti sy het waaragtig nou genoeg gehad. En hierdie keer is dit finaal. Sy druk die hasie teen haar bors en kners op haar tande. Maar dit help niks. Haar skouers ruk en die huil skeur uit haar uit. Huil, huil, huil, soos 'n damwal wat breek.

Sy voel Benner se arms om haar vou. Hy lig haar ken met sy voorvinger en toe is sy lippe warm op haar mond. Sy wil haar gesig wegdraai, maar weereens kom sy nie sovêr nie. In stede soen sy terug, so tussen haar snikke deur.

Hou op! Hou op! wil sy gil, maar ook daarin slaag sy nie. Want nou is dit huil en soen, huil en soen; twee reddingstoue waaruit sy moet kies.

Genadiglik lig Benner sy gesig en toe voel Siti hoe hy sy asem intrek. Hy het die flits laat val, maar nou's daar 'n ander gloed in die skeepsruim. 'n Bekende gloed. Soos die een in 'n kelder van 'n kwantumfisikus, 'n leeftyd terug in 'n gewelhuis in Kangoberg.

Benner leun stadig weg van haar en Siti sien hy mik met die foon oor haar skouer. Sy's in die pad van die lens en om seker te maak, sak sy op haar knieë af. Sy kyk op, oor haar skouer, in waterslang e!Bongi se grynsende gevreet.

Die slimfoon flits en 'n vonk spat in die donkerte.

Toe is dit stil. Net 'n kraakgeluid soos die skip steeds aan die ankerketting beur.

En die klam donkerte wat soos 'n kombers om hulle vou, die dek wat onder hul voete wieg, die stank van ou vis, dik in hul neuse gestol. En die pienk hasie wat Siti teen haar bors vasklem.

Ook die wete by Siti dat haar lewe van hierdie oomblik af anders gaan wees, heel anders.

Kaptein Trompie Bopape

Trompie sit oorkant die lessenaar van kolonel Bester, bevelvoerder van die Valke se eenheid gemoeid met kubermisdaad. Die kolonel se stem dreun voort.

"Wat meer is, Trompie, die versoek kom van Interpol af. Hulle soek na 'n Topo, 'n skurk glibberig soos 'n paling, in beheer van 'n sindikaat wat hulself Kraken noem. Jare al ontwyk hierdie Topo al wat 'n polisiediens is, Interpol ingesluit.

"Topo? Kraken? Beteken die name enige iets, Kolonel?"

"As jy die name google, verwys dit na sprokie karakters. Twee gediertes waaroor baie verhale al geskryf is. Kraken is 'n seemonster in die gedaante van 'n seekat, maar dit kon ook 'n inkvis wees. Reusagtig groot, natuurlik. Wat oeroue seilskepe glo met ellelange tentakels aangeval en vernietig het. Kraken kom uit Noorse mitologie.

"Topo, dis nou die fiktiewe een, is 'n veel jonger karakter. In die 1950's verskyn hy in strokiesprente as 'n handlanger van die bekende Aquaman, maar daarna groei hy in statuur tot 'n volwaardige karakter. Een met 'n eie missie. Soos Kraken, is Topo ook 'n seemonster, een met die lyf van 'n man en 'n seekat-agtige gesig, tentakels en al.

"So, die Topo waarna ons soek, sien homself as die kop van 'n seekat. Nie juis oorspronklik nie, want talle internasionale bendes en misdaadsindikate het al die naam Kraken gebruik. Om te spog dat hulle met hul seekat-tentakels oral kan insypel. Met die internet wat deesdae meer en meer deur boewe gebruik word, kry daardie seekat-tentakels nuwe betekenis."

"Waarmee is Topo besig, Kolonel? Ek bedoel, watse misdaad bedryf hy?"

"Vra liewer wat nie. Ja, dink aan 'n misdaad en onse Topo is betrokke. Maar Interpol se belangstelling hier gaan spesifiek oor kinderhandel, onder andere oor die internet. Wat mens glad nie verbaas nie."

Kinderhandel? Rillings glip langs Trompie se ruggraat af. En vir die soveelste keer die afgelope drie maande doem die gesig van sy suster Maria voor hom op.

"Weet ons waar Topo homself deesdae bevind, Kolonel?"

"Dis waar ons, die SAPD, op die toneel verskyn. Want Interpol vermoed dat Topo 'n verbintenis met Suid-Afrika het. Dat hy selfs soms van iewers hier opereer, blyk dit uit die profiel wat hulle sovêr oor hom kon saamstel. Internet soekenjins dui onder andere op 'n plek met die naam Lodge Ikhanda-Ingwe."

"Lodge Ikhanda-Ingwe?"

"Dis 'n jagplaas in Mpumalanga. Prentjiemooi, volgens hul webwerf. En dis nie al nie. Die einste lodge was onlangs in die nuus. Vreemde nuus. Oor 'n aanval van 'n aard op 'n spul trofee-jagters en hul meisies. Die polisie van Mbombela kon nie hond haaraf maak nie en die saak toe na hoofkantoor verwys."

"So, dis waar die soektog na Topo kan begin? By daardie lodge?"

"Ja, Interpol vermoed daar's 'n verband tussen Topo en die aanval daar by die lodge."

"Ja, dit klink nogal verdag, Kolonel."

"En nou die vraag, Trompie, stel jy belang om betrokke te raak?"

Maria se gesig flits weer deur Trompie gedagtes. Hy wil praat, maar sy keel is kurkdroog. Hy knik met die kop en uiteindelik kry hy die woorde uit.

"Vir seker, Kolonel."

"Ek is bly, en gaan kyk wat jy by daardie lodge kan uitrig. Enige leidraad sal help. Misdaad oor die internet is 'n wegholveldbrand en boewe soos Topo moet vasgevat word."

Terug by sy werkstasie, leun Trompie agteroor in sy stoel.

Hierdie is die kans waarvoor hy lankal wag. Om ongesiens, as polisieman, by die soektog na sy vermiste suster betrokke te raak. Sy intuïsie sê daardie geleentheid het pas aangebreek.

Hy kyk na Maria se foto op sy rekenaarskerm en weer kom die knop in sy keel, soos soveel kere die afgelope drie maande. Is dit hoe die noodlot werk? Dat hy juis nóú met booswig Topo te doene gaan hê? Want, vermoed Trompie, vir seker is sy suster die prooi van kinderhandelaars.

Sy gedagtes wip terug na die wegholveldbrand waarvan die kolonel gepraat het. Enige een met verstand weet dat tegnologie die wêreld onderstebo draai. 'n Beter voorbeeld as die internet, is daar nie. Dis 'n feit dat dit die speelplek vir booswigte, boelies, terroriste, saboteurs en selfs veglustige militariste geword het. Waar anders kan jy miljoene slagoffers tref deur letterlik net 'n vinger te lig? Wie dít nie weet nie, lewe kop in die sand, soos 'n volstruis.

'n E-pos klingel in sy rekenaar en hy leun vorentoe. Ja, dis die Interpol dossier waarvan die kolonel gepraat het. Oor Topo.

Langarm van die gereg

Karel sit in die !Kangrotto, in die donker vergadersaal met die !Kang's wat in 'n kring om hom sit. Skaduwees spring teen die muur, grotesk, soos wesens wat in en uit die rotswand beweeg.

"Erken dit nou, Karel," praat die ses uit een mond. "Dat jy eintlik Heitsi-eibib is."

"Ja, ek is. Dis al hoe ek op 'n manier een van julle kon wees."

"Maar toe besluit jy om ons te beheer? Te teleporteer? Te transendeer?"

"Ja, ek wou iemand wees wat saak maak. Soos voor ek die houtbeen gekry het. Toe ek nog ..."

Toe steun Karel homself wakker.

Dankie, tog, dit was net weer daai droom. Die nagmerrie wat hom so genadeloos ry, amper elke liewe nag, vandat hy terug hier Kangoberg is. Oor die !Kang's bende wat hom verwyt oor wat hy aan hulle gedoen het.

Hy beur orent, voel na die prostese langs sy bed en lusteloos gespe hy dit aan die stompie vas. Hink badkamer toe vir gesigwas en tandeborsel.

So, vandag is die dag: Sy ontmoeting met kaptein Trompie Bopape van die polisie. Want hy, Karel, is mos 'n misdadiger wat vasgetrek, skuldig bevind en opgesluit gaan word. Tronkvoël Karel Dekker. Alles omdat hy gepeuter het met goeters waarvan hy niks geweet het nie. En steeds niks van weet nie.

Sy gedagtes spring weg na Siti toe en sy bui verander handomkeer. Gister het hulle twee mekaar weer gesien, hy terug van die Richtersveld en sy terug van Mosselbaai. En wat 'n ontmoeting was dit nie! Om haar weer in sy arms te kon hou met die besef dat sy rêrig bestaan en om te hoor dat sy hom net so gemis het.

Hy het vertel van sy en Zelda se avontuur met die opspoor van bakoorjakkals e!Ansie en toe was dit sý beurt om te luister. Soos Siti van waterslang e!Bongi en die skip Navio Pirata vertel, moes hy homself 'n paar keer knyp om seker te maak dat hy nie na een of ander fiksie-verhaal met 'n waansinnige tema luister nie. Nee, die e!Kang's bestaan, 'n werklikheid wat hyself geskep het.

Veral toe Siti vertel dat e!Bongi eintlik 'n dubbele slag geslaan en twee misdrywe blootgelê het: die stroop van seelewe sowel as kinderhandel.

Wat hy ook kon sien, is dat Siti die ervaring op 'n besonderse manier beleef het, veel meer as net 'n avontuur. "My lewe het aan boord van daardie donker skip verander, Karel," het sy gesê, maar nie op haar stelling uitgebrei nie. Hy wou uitvra, maar tog sy nuuskierigheid beteuel.

Hy kyk op in die badkamerspieël. Eintlik wil hy nie sy gesig was nie. Gisteraand wou hy ook nie, want dan sal hy Siti se soene afwas. Die's wat sy so oor sy hele gesig gedruk het. Hy knip sy oë in die spieël en streel liggies met die vingerpunte oor sy wang. Jammer mens kan nie 'n soen na die tyd voel nie. Behalwe natuurlik in sy gedagtes, waar hy ál Siti se soene bêre.

Later sit hy by die kombuistafel vir ontbyt. Ouma werskaf by die stoof, bedrywig en ooraktief, soos altyd as iets haar pla. Vat hier, los daar, rond en bont. Sy praat oor haar skouer.

"Hy's baie ordentlik, Karel. Die kaptein van die polisie. Ek's seker hy sal verstaan."

Ouma se woorde is eintlik vir haar eie ore bedoel, besef hy. En hoekom nie? Wie anders is daar om haar te troos? Niemand nie. Hy, Karel, sou wou troos, maar waar begin hy? Hy wat vir die hierdie hele gemors gesorg het. Gelukkig is niggie Zelda daar en hy is seker sy praat hulle ouma bietjie moed in.

"Ouma moenie bekommer nie. Die polisie sal sukkel om 'n saak teen my te maak. Zelda sê ook so. Ek meen, watse klag kan hulle teen my lê?"

Ouma bekyk hom, keep tussen die oë. "Dis nie wat ek nou wil hoor nie, Karel. Mens speel nie met die gereg nie. Onthou, slim vang altyd sy baas. Ek weet nie wat jy onder in die kelder aangerig het nie en ek wíl ook nie weet nie, maar jy gaan niks vir die kaptein wegsteek nie. Hy sal weet jy't geen kwaad bedoel nie. Belowe?"

"Ek belowe en Ouma, onthou ... "

Hy kom egter nie verder nie, want Sammy gons nou op die kombuistafel. Bzzzzzz. Siti, sê dit op die skermpie.

"Askies, Ouma," sê hy en praat dan gedemp in die foon. "Jy soen soos 'n prinses."

"Hoeveel prinsesse het jy al gesoen?"

"Sal moet gaan tel."

"Wintie. Ek bel om te hoor oor die speurder. Sien jy hom nog vanoggend?"

"Tienuur. Hoekom?"

"Wil net weet. Wat is sy naam?"

"Bopape. Kaptein Trompie Bopape. Hoekom vra jy?"

"Sê mos ek wil net weet. En Karel, hou net kop. Jy's nie 'n misdadiger nie. Ek weet dit, jy weet dit, almal weet dit. Onthou dit net."

Karel sit oorkant kaptein Trompie Bopape by die tuintafel.

Hy bekyk die speurder onderlangs. Die man lyk anders as wat hy verwag het. Tengerig van lyf, smal gesig wat maklik lag, rustige oë. 'n Vriendelike kêrel wat nie sommer handboeie gaan uitpluk en hom wat Karel is, agter tralies gaan inboender nie.

Ouma vra of sy iets te drinke kan bring, maar die kaptein wys dit beleefd van die hand. Karel is verbaas deur die Afrikaans wat hy hoor, maar as hy fyn luister, hoor hy die woorde rol oor 'n Tswana se tong.

"Ek noem weer dat hierdie 'n voorlopige gesprek is," begin die kaptein. "Ek samel net feite in en niemand word van enige iets aangekla nie."

Nie sovêr nie, dink Karel. Hy knik, maar sê niks. Laat die speurder die meeste praatwerk doen.

"Net vir agtergrond. Ek's van 'n afdeling binne die Valke wat op kubermisdaad fokus."

Karel skrik. Kubermisdaad? Flippit, hy het nie verwag dat die polisie hom uit daardie hoek sou takel nie.

Maar die kaptein bly vriendelik. "Terloops, is dit reg as ek jou Karel noem?"

Karel knik en begin ontspan. Die kaptein is net hier om sy werk te doen. Die speurder haal 'n notaboekie uit en blaai daarin.

"Nou kom ek vertel wat ek sovêr weet. Wat eintlik is nie veel is nie. 'n Paar dae gelede het ek 'n jagplaas in Mpumalanga besoek. Lodge Ikhanda-Ingwe. Prentjiemooi. Jy weet van die plek?"

Karel knik ja en voel hoe sy kakebeen verstyf. Weet hy nie van die plek nie!

"En sommer nou al wil ek sê dat hierdie saak vreemd is. Die vreemdste wat enige polisieman se weg langs kan kom, want dit gaan oor 'n kreatuur wat mense by die lodge aangeval en beseer het. En as ek sê kreatuur, dan bedoel ek dit."

Karel knik.

"Ek het verskeie ooggetuies ondervra, van die lodge se personeel en van die gaste wat aangeval is. Almal vertel dieselfde storie. Van 'n kreatuur wat na 'n Boesmantekening van 'n luiperd gelyk het. En toe vanuit 'n rots bokant die vuurherd gespring en die gaste aangeval het."

"Goed, Kaptein, ek weet van die aanval. Ek was daar, by die lodge toe alles gebeur het. Maar dit weet jy natuurlik."

Trompie knik en leun agteroor in sy stoel. "Ek luister?"

Karel se gedagtes jaag in alle rigtings. Hy het hom voorgeneem om niks vir die polisie te sê nie, maar om nou hier met 'n mond vol tande te sit, gaan nie werk nie. En wie sê Trompie kan hom, Karel, nie van hulp wees nie? Hy maak keel skoon, maar voor hy kan praat, roep iemand van die tuinhekkie af. Siti! Sy kom oor die grasperk aangestap, glimlag vir die polisieman en hou haar hand uit.

"Hallo, ek's Siti. En jy's seker kaptein Trompie?" Sy draai na Karel. "Ek het gedink jy sou wou hê ek moet by wees, Karel?"

Karel staar. Kan dit wees? Gaan Siti wraggies haar aandadigheid in hierdie e!Kang's debakel erken? En nogal voor die polisie? Hy sluk aan 'n knop wat skielik in sy keel sit.

Trompie lag breed. "Ja, ek weet jy's Siti. En waar's Benner?"

Oorbluf staar die twee na die speurder wat ewe nonchalant sy slimfoon oor die tafelblad na hulle skuif. Op die skermpie pryk 'n foto van die drie van hulle. Siti, Karel en Benner by 'n tafel in Lodge Ikhanda-Ingwe se ontvangslokaal. Ja, natuurlik sou iemand 'n foto geneem het van die drie wat so met duiwelskuns daar in die Laeveld se bos rondgefoeter het.

"Ek het die foto by Werner gekry," sê Trompie, onnodig. "Die lodge se bestuurder. Julle name en adresse ook. Waarmee julle by die lodge ingeteken het. Dis hoe ek hier beland het."

Karel kyk na Siti. Sy glimlag bemoedigend maar sê niks. Hý, Karel, moet die praatwerk doen, want sy's net hier om te help. Hy sluk weer aan die keelknop en toe, vir die eerste keer, weet hy nou's hy reg om te praat.

Hulle nooi die speurder by die gewelhuis in en gaan met die trappe na die kelder af.

Trompie skrik

Onder in die kelder verduidelik Karel oor sy oupa se navorsing, in hierdie einste kelder. Oor kwantum-verstrengeling, Einstein se spook-effek en tPort, die program waarmee sy oupa met teleportasie begin het.

Hy vertel van die rekenaarspeletjies wat hy geskryf het, van die ses e!Kang's wat as rotstekeninge begin het. Van die fout wat hy begaan het om die karakters 'n heuristiese geheue te gee en toe, om alles te kroon, die goed saam met tPort in dieselfde rekenaar te plaas.

Trompie se gesig gaan deur skakerings van ongeloof, twyfel, verbasing, suspisie. Soms kyk hy skuins na Siti asof hy haar wil vra om saam met hom vir hierdie absurde storie te lag. Maar as hy haar ernstige gesig sien, maak sy glimlag plek vir net meer verstomming.

"Maar, Kaptein," sluit Karel af, "sien is glo. Kom ons wys jou e!Siti. Sy's die luiperd-vrou. Die een wat die sports daar in Lodge Ikhanda-Ingwe eetsaal gemaak het."

Trompie staar. Suspisie maak nou plek vir verslaentheid.

"Onthou net een ding, Kaptein," sê Karel, "wat jy nou gaan sien is nie 'n kreatuur van vleis en bloed nie. Dis net 'n sigbare energieveld. Dis belangrik om te weet. Onthou ook dat hierdie energieveld deur 'n eie heuristiese geheue beheer word."

"So, die goed besluit dus self wat om te doen?" vra Trompie. "Is dit wat jy sê? Dat hulle hul eie koppe volg?"

"Ja, korrek, maar hul eie besluitneming moet geaktiveer wees. Wat nie nou met e!Siti die geval gaan wees nie. Sy sal nie nou self optree nie. Sy sal net deur my rekenaar se DVD-skrywer verskyn sodat jy haar kan bekyk. Dan sal ek haar weer deur my selfoonkamera terug in die rekenaar teleporteer."

"O."

"Tensy jy 'n trofee-jagter is, Kaptein?" lag Siti. "Dan kan ons e!Siti se eie besluitneming aktiveer. Sodat jy 'n idee kan kry waarom die mense daar by Lodge Ikhanda-Ingwe so bietjie gekla het."

"Nee," lag Trompie versigtig, "Ek's nie 'n jagter nie. Maar hoe weet die kreatuur dit?"

"Sy's geprogrammeer om trofee-jagters uit te ken," sê Karel. "Jy kan haar nie flous nie. En daar's nog iets. Elkeen van die e!Kang's doen net dít waarvoor hy of sy geprogrammeer is. Mens kan maar sê elkeen het 'n missie waarvan hy of sy nie kan afwyk nie. Goed, hier kom e!Siti nou. Ek gaan haar voor daardie wit muur projekteer."

Die volgende oomblik sit die Boesmantekening van die luiperd met die grusame gevreet teen die muur geëts. Trompie bekyk die tekening, skepties. "Wag nou, is dít die ding wat die jagters daar by die lodge aangeval het?"

Karel en Siti kyk onderlangs na mekaar. Só gaan hulle nie die Kaptein oortuig nie.

"Goed," sê Karel, "ek gaan haar heuristiese geheue aktiveer, net vir 'n sekonde. Dat jy kan sien hoe sy beweeg. Maar voor ek dit doen, is jy seker jy's nie 'n jagter nie, Kaptein? Veral nie 'n trofee-jagter nie?"

"Ek is seker, ja," sê Trompie, weer effe geamuseerd.

Twee sekondes later, staan e!Siti vlak voor Trompie met haar luiperd gevreet sentimeters van die regsdienaar se gesig af weg. Trompie skop styf en val stoel en al agteroor, nou asvaal in die gesig.

Karel spring nader en sy selfoon flits.

Trompie skud sy kop, beur met sy skouers orent en leun op sy elmboë. Hy knip oë asof hy seker wil maak dat hy wakker is. Ja, hy ís wakker en e!Siti sit weer waar sy was – 'n roerlose tekening teen die witgekalkte muur.

Die speurder beur orent, al starende na die rotstekening. Hy gaan sit, maak sy oë toe, asof hy die gedierte só wil wegwens. Toe laat sak hy sy kop vooroor in sy hande. Lank sit hy so en toe praat hy met 'n skor stem.

"Ek het gesien wat ek nie wou sien nie. Om eerlik te wees, ek weet nie wat nou nie. Ek sal eers moet gaan dink. My kop regkry."

Hy kom orent. "So, Karel, ek vra jou seblief om vir eers hier by die huis te bly. Moenie die dorp verlaat nie. Ek maak môreoggend weer 'n draai. Ek sal dan sê wat volgende gaan wees."

"Beteken dit ons twee is nou onder huisarres, Kaptein?" vra Siti en kom langs Karel staan.

"Nee," sê Trompie en slaag daarin om skeef te glimlag. "Alles behalwe. Ek wil net kans kry om sake te bedink. Niks om julle oor te kwel nie. Reg so?"

"Reg so," sê Karel, maar hy weet dinge is alles behalwe reg so. Veral nie vir die speurder nie en skielik is hy bly hy staan nie in die man se skoene nie.

Trompie gee e!Siti een laaste kyk en toe mik hy vir die trappe na bo, duidelik angstig om weg te kom uit die kelder. By die tuinhekkie draai hy na Karel. "Ek neem aan jy't hierdie Kang-goeters in jou rekenaar daar na die lodge toe karwei. Hoekom toe die goed daar gaan loslaat?"

"Nee, Kaptein, hulle het self daar gekom. Oor die internet. Hulle stuur hulself na adresse waar hulle wil wees en gebruik dan die laserstraal van DVD-apparate om uit die rekenaar te kom. Ons moes hulle agternasit en was gelukkig om die drie daar by die lodge gevang te kry."

"Waar kom die goed se name vandaan?" vra Trompie. "e!Kang's? e!Siti?"

"Dis afgelei van 'n laerskool bende wat hulself die !Kang's genoem het. Dis 'n lang storie, wat ek jou later kan vertel."

"Is ál die goed gevang? Of is daar ..."

"Vyf is gevang, maar een is nog op vrye voet. Dis nou as mens kan sê 'n watermeid het voete."

"'n Watermeid?"

"e!Marli is in Kaapstad se agterstrate gesien. By 'n nagklub met die naam Klub'Extatica. Dis 'n hool bekend vir kinderhandel en dwelmsmousery. e!Marli se teiken is juis kinderhandelaars."

Trompie klim in die Polo en trek weg met 'n vaart. Asof hy nie vinnig genoeg kan wegkom nie.

Siti verander van plan

Lank na Trompie se vertrek, sit Karel en Siti in stilte by die tuintafel. Toe praat Siti.

"Die arme man het hom in 'n ander bloedgroep geskrik. Wat dink jy gaan hy nou doen?"

Nugter weet," sê Karel.

"En nugter weet alles, selfs meer as Google," lag Siti. Karel probeer saamlag, maar al wat hy uitkry, is 'n grynslag wat skeef aan sy wange rem.

"Al wat hy kan doen, is om my te arresteer. Dalk vir rusverstoring. Of saakbeskadiging. Selfs vir aanranding en poging tot moord. Net om my agter tralies te kry voor ek die mensdom verder bedreig."

"Stop die swartgalligheid, Karel," troos Siti. Sy leun nader en soen hom op die wang. "Ek's sommer lus en vertel Zelda dat jy jouself weer jammer kry. So gepraat, jy't gister van daai twee smokkelaars daar in die Richtersveld vertel. Wat het van al daai diamante geword?"

"Zelda het dit aan die polisie in Alexanderbaai oorhandig. Moet 'n fortuin werd wees. Maar nou, geagte Siti, genoeg oor my. Ek wil meer oor jou en Benner se storie in Mosselbaai hoor. Jy't gister net bolangs vertel en daar's baie wat ek nog wil weet?"

"Soos?"

"Jy't gesê iets het op daardie skip gebeur? Iets wat jou lewe verander het?"

"Ja," sê Siti en kyk ingedagte voor haar uit, asof sy weer terug op daardie donker skip saam met

Benner is. "Dis nadat ons in die vragruim op daardie pienk hasie afgekom het. Seker een van die meisies s'n wat op een of ander manier daar agtergebly het. Met 'n kaartjie om die dingetjies se nek met 'n boodskap op. *Mamma is lief vir jou.*"

Siti begin snik en nou is Karel spyt oor sy uitvraery. Hy staan op en sit sy arms van agter oor die twee rukkende skouers. Sy hoef nie verder te vertel nie, bied hy aan maar sy gaan voort, tussen haar snikke deur.

"Ek wou die hasie hou, maar moes dit toe afgee. Interpol wou dit vir 'n forensiese ondersoek gebruik. Maar ek kry dit nie vergeet nie. Iemand het dit op daardie skip agtergelaat, spesiaal vir my. Dat ek moet besef, vir die eerste keer ooit, hoe 'n verskriklike ding kinderhandel is. Dit gebeur, hier reg onder onse neuse. En wat doen ons daaraan? Wat doen ék daaraan? Niks, zero. Klik net my tong uit jammerte en gaan voort met my eie lewe. Ewe gerieflik, asof alles reg is."

"Jy's weer hard op jouself, Siti. Wat anders kan jy doen?"

"Ek kan baie doen. En ek gáán baie doen. Ek wou jou nog vertel, ek gaan nie meer hierdie jaar Potch toe nie."

"Wat?" skrik Karel. "Nee meer Potch toe nie? Nie meer varsity toe nie? Het ek jou lewe dan só opgeneuk, Siti?"

"Karel, asseblief! Kry nou end daarmee om jouself vir alles te blameer. Liewe aarde. Nee, ek gaan wel Potch toe, maar eers volgende jaar."

"Nou wat gaan jy dan doen? Hierdie jaar?"

"Ek wil eers 'n jaar gaan werk. By UNICEF. Hulle's deel van die Verenigde Nasies. United Nations International Children's Emergency Fund. Hulle werk met kinders in nood. Ek gaan in Jemen vir daai jaar wees."

Karel voel sy oë rek. "Flippit, Siti. Jy gaan Jemen toe? Van alle plekke? En wanneer het jy so besluit? As ek mag vra?" Hy is weer vies en die sarkasme kom sommer vanself.

"Ek sê tog ek wou jou nog vertel, maar ons het die afgelope tyd nie veel praatkans gehad nie, het ons? As ek reg onthou, geagte Karel, is jý die een wat my uit die pad wou kry, daar by die lodge. Die soektog na die e!Kang's het mos kamma te gevaarlik geword, vir my wat 'n meisie is."

Karel laat sy oë sak. Ja, Siti is reg, hy wóú haar weg van die gevaar af kry. En nou is sý weer die een wat op die aanval is. Hy probeer keer en verander van rigting.

"Jy't vroeër gesê daai kletsende kroegman in die Witborskraai het iets oor Jemen gesê? Dat Interpol vermoed dat dít die bestemming van die Navio Pirata was? Met die klomp meisies?"

"Ja," sê Siti en vee die trane met die mou van haar sweetpak af. "Dit het my ook opgeval. Dis mos waar daai sheikh Ali vandaan kom."

"Presies. Jemen, waar sy pappa oor die onderwêreld heers? Topo se maatjie. En nou wil jy na daai einste Jemen toe voeter? Waar daar 'n flippen oorlog ook nog woed, vir hoe lank al? Nee, jy moet weer dink, Siti."

"Ek het klaar gedink, Karel, en klaar besluit. Dis juis daai oorlog wat honderde duisende kinders se lewens verwoes. Kinders wat van siektes en honger sterf. Baie mense gaan daarheen om te help, so, ek kan netsowel een van hulle wees."

Karel wil verder stry, maar wat sê hy nou? Buitendien is Siti reg. Iemand moet daai kinders in Jemen gaan help waar daardie sinnelose oorlog al só lank woed. En is hy nie trots op sy meisie nie. Sê nou net hy kon saam met haar gaan! Sou dit nie wonderlik wees nie! Maar, besef hy dadelik, die idee is absurd. 'n Dude met 'n houtbeen gaan net in almal se pad wees daar.

"Onthou jy daai dag in Mpumalanga?" verander hy van rigting. "Toe Topo daar in die bos gelê en kerm het nadat e!Buks hom beetgehad het. En toe vra hy nog vir pynpille ook. Vermetele vent."

"En nie net dit nie," sê Siti, nou weer in beheer van haar emosies. "Topo se seuntjie Benner, sit toe die hele tyd saam met ons na sy pappa se gekerm en luister, daar langs die vuur. Liewe aarde, Karel, ek kan wraggies nie glo wat besig is om met ons te gebeur nie. Waar gaan alles eindig?"

Vir 'n oomblik raak dit stil en toe verander Siti weer van rigting. "Kaptein Trompie ... Wat dink jy gaan hy nou doen as hy oor sy skrik gekom het?"

"Hy's 'n deeglike dude, daai speurder. Hy gaan hier rondhang totdat hy weet hoe die wind waai."

Karel skuif nader, sit sy arms om die meisie se skouers en druk die punt van sy neus teen hare. Hy kan nou die bruin vlekkies in die bruin oë sien. Ook die fyn sproetjies op haar wange. Hy wil oor ander goed as die e!Kang's praat, maar daar is nog een laaste vraag wat hy móét vra.

"Van Benner gepraat. Wanneer laas het jy hom gesien?"

"Eergister. Toe ons van Mosselbaai af teruggekom het. Hoekom vra jy?"

Omdat ek jaloers is, wil hy sê, maar hy kies ander woorde. "Nee, ek wonder maar net weer oor tPort, en hoe ons dit van sy foon gaan afkry. Ek kan nie glo dat ek so dom was om die ding vir hom te stuur nie."

"Watter keuse het jy gehad, Karel? Buitendien, was dit nie daarvoor nie, was die waterslang nog op vrye voet. Dis nou as 'n slang 'n voet kan hê. Maar jy's reg, as daar nou één ding is wat ons moet doen, is dit om tPort van Benner se foon af te kry."

Hy druk weer die swartkopmeisie teen hom vas. Hy's mal oor die 'ons' in haar woorde.

Maar as hy oor haar skouer kyk, na die horison buite Kangoberg, voel hy 'n keep tussen sy oë inkerf. Met tPort op sy foon, het Benner 'n landmyn in sy besit.

Landmyn? As dit maar was. Nee, Benner sit nou met 'n kernbom in sy hande. Hy en sy pappa Topo.

'n Deurbraak, onverwags

Trompie beskou die karoolandskap deur die venster van sy kamer in die gastehuis. Dis middaguur en bonkige berge sweef vaalblou op lugspieëlings op die horison. Hy hou van hierdie plek, besluit hy. Van Kangoberg. En van die Karoo.

Wat hy minder van hou, is hierdie saak waarby hy nou betrokke is. 'n Raaisel wat skrik vir niks; een wat verdiep soos hy vorder. Vorder? Nee, aanploeter is die woord. Maar met só 'n saak, is dit al wat mens kan doen: aanploeter en hoop op 'n wonderwerk.

'n Wonderwerk? Nee, asseblief. Daarvan het hy vir eers genoeg gesien. Verbeel jou: gedrogte in die vorm van energievelde, elkeen op 'n eie missie onder beheer van 'n kunsmatige, heuristiese brein. Gedaantes wat voorheen glo Koisan rotstekeninge was.

Maar iets sal hy natuurlik moet doen. Al is dit dan net om die media te oortuig dat die polisie besig is met die ondersoek. En, hopelik, een of ander tyd 'n verklaring sal uitreik. Een wat die SAPD nie té belaglik sal laat lyk nie.

Met sy besoek aan Lodge Ikhanda-Ingwe 'n paar dae gelede, het dinge sleg gelyk. Die plek is vir besoekers gesluit en die norse Werner kêrel en sy personeel was traag om hulle monde oop te maak. Wat Trompie wel kon uitvind, strook met wat hy vanoggend gesien het. Goeie ef, dink hy en vee weer met die kneukels van beide hande in sy oë.

Volgens Werner, word daai lodge nou met dosyne versekeringseise gedreig. Deur 'n spul jagters wat beseer is en 'n paar vroue wat glo getraumatiseer is.

Maar die versekeraars wil nie 'n vinger lig voordat hulle die polisieverslag gesien het nie. Hy wat Trompie is, moet die ding skryf. Verbeel jou. 'n Verslag wat beweer die eintlike misdadigers in hierdie sage is 'n slim, gestremde seun en 'n pragtige meisie met 'n blinkswart haardos en reuse-sjokolade oë. 'n Verslag wat hom belaglik kan laat lyk en sy loopbaan 'n vet knou gaan gee.

Maar daar is darem ook 'n bietjie geluk by die ongeluk. En dit is dat die saak tog op 'n manier met kubermisdaad te doene het. So, in daardie opsig mors hy nie sy tyd nie.

Dan is daar die opspoor van sy suster Maria, iets waarmee hy glad nie vorder nie. Alhoewel hy oortuig is dat Maria ook 'n slagoffer van misdaad op die net geword het. Een of ander skurk moes haar op 'n sosiale netwerk soos Facebook, X of Instagram verlei het. Of op een van 'n legio ander netwerke waar tieners uithang en klets, teveel om op te noem.

Die wêreld het oornag kuber bonkers geraak en tieners met hulle selfone sing nou heel voor in hierdie koor. Vertel hulle dat die internet en selfone 'n skamele 30 jaar gelede skaars bestaan het, en hulle gaap jou aan asof jy van tye praat toe hiërogliewe op kliptafels die kommunikasie medium van keuse was.

Maar tog bly tegnologie die passie in sy lewe. Dis juis dít wat hom so vinnig in die SAPD laat vorder het. Gehelp het dat hy jare voor sy tyd die rang van kaptein kon bereik. Sedert kleintyd wou hy die binnegoed van rekenaars verstaan. En hy hét ook, het hy gedink. Net om vandag, hier in die middel van die karoo, te moes agterkom hoe min hy rêrig weet.

Wat gaan jy nou doen, Trompie? Gaan jy rêrig daai verslag skryf? Oor rotstekening wat van teleportasie gebruik maak om hulself oor die internet te pos? Weer 'n keer asseblief. Of, frons hy, het hy hier met transendensie te doen waarmee Khoi en San uit vergange tye reeds doenig was? Sjamane wat mense glo na ander wêrelde gestuur het? Selfs deur rotswande?

Ja! Wie sê teleportasie en transendensie is nie dieselfde ding nie? Beide kan tog toepassings van kwantum-verstrengeling wees. Kan dit wees dat die Khoi en die San millennia terug reeds van iets soos die kuberruim geweet het?

Trompie staan weer voor die venster en bekyk die berge wat 'n draak se rug op die horison maak. Maar dan spring sy gedagtes weer terug na sy suster Maria en hy gaan sit swaar op die bed, kop tussen die hande.

Min mense weet van haar verdwyning, nie eens sy bevelvoerder, kolonel Bester nie. Net kollega Gertjan in Kaapstad weet dat hy, Trompie, ook stilletjies aan die soektog na sy suster deelneem. Nee, het hy gereken, sy kollegas wat na vermiste kinders soek is oorlaai met werk en dit kan nie kwaaddoen as hy ook met die soektog handgee nie. Onder die radar, natuurlik.

Dis juis die einste Gertjan wat laat weet het dat Maria moontlik in Kaapstad kan wees. En inderdaad 'n slagoffer van kinderhandel kan wees. Trompie is gelyktydig woedend en dankbaar. Woedend vir skurke wat niks van menselewens dink nie, maar ook dankbaar dat Maria moontlik nog lewe.

Sy selfoon klingel onverwags op die bedkassie. Dis die einste kolonel Bester wat uitvra oor Lodge Ikhanda-Ingwe.

"Mbombela was reg, Kolonel. Dis 'n baie vreemde saak. Ek gaan tyd nodig hê met hierdie een. Dit lyk of ons wel hier met kubermisdaad te doen het, maar heel anders as dit waaraan ons gewoonlik werk."

"Wat bedoel jy? Wat is anders?"

Trompie klou aan sy selfoon. Wat sê hy nou? Wat kán hy sê? Vinnig van die e!Kang's vertel? Natuurlik nie. Die kolonel sal hom sommerso oor die foon in die pad steek.

"Dis...dis ... bietjie ingewikkeld, Kolonel. Ek moet eers my gedagtes agtermekaar sit."

"Goed, sit jou gedagtes bymekaar, maar tyd is min. Die saak het nou topprioriteit. Daar's baie druk van bo af, veral ook nou met Interpol se betrokkenheid. Jy moet sê as ek iemand kan stuur om hand te gee?"

"Ek sal sê, dankie Kolonel."

"En Topo? Het die naam al opgekom?"

"Topo? Hu...nee, nog nie, Kolonel. Maar ek is seker dit sal."

Hulle lui af en Trompie staan weer hande in die sakke voor die venster, met 'n gesig wat brand van verleentheid. Hy het wraggies van Topo vergeet. By Lodge Ikhanda-Ingwe het hy wel gevra, maar volgens die Werner kêrel is dié naam daar onbekend. Dis nou as mens die norse vent se woord kan vat.

Maar hy, Trompie, het nooit Karel en Siti oor Topo uitgevra nie. Daarvoor het hy te groot vir daai luiperdwyfie geskrik. Liewe aarde, is hy wraggies besig om nou, as speurder, die kluts helemaal kwyt te raak? En vir die eerste keer ooit, voel hy rigtingloos. Sy vermoë om logies te dink, is weg. Dit wat altyd sy sterkpunt was. Wat beteken dat die kolonel reg is, hy het hulp nodig. Maar voor hy nog mense by hierdie waansinnige saak betrek, sal hy sy kop skoon moet kry.

Hy kyk op sy horlosie en sien middagete is lankal verby. In elk geval het hy min lus vir eet. Hy bekyk die notas wat hy op sy selfoon gemaak het. Dis die laaste brokkies inligting wat die seun en die meisie hom vanoggend gegee het.

Dankie tog dat vyf van daai goed reeds gevang is. En hoe op aarde het die tieners daarin geslaag? Goed en wel, die dierasies kan blykbaar wel hokgeslaan word, maar glo net as jy twee meter van die goed af kan kom. Om 'n foto van hulle met die gewenste resolusie te neem. Wat seker makliker gesê as gedoen is.

Vat byvoorbeeld die een wat hulle e!Ansie noem. Die bakoorjakkals-meisie wat glo in die Richtersveld vasgetrek was. Hoe kom jy binne twee meter van so 'n ding af? In die middel van 'n uitgetrekte stuk woestyn? Dis so goed jy probeer Batman in die Saharawoestyn vastrek. Of Spiderman in die Amasone woud.

Weer lui sy selfoon en haastig antwoord Trompie, nou met hande wat bewe. "Gertjan!"

"Trompie, daar's nuus! Maria. Sy's glo weer in Kaapstad gesien. Of 'n meisie wat op 'n druppel na haar lyk. Hierdie keer by 'n nagklub met die naam Klub'Extatica."

"Wanneer?" Trompie voel sy hartslag in sy keel.

"Gisteraand. Ek hoop net my inligting is reg. Ek sal vanaand self daar gaan rondvra."

"Ek skuld jou, Gertjan."

"Jy skuld my niks. Solank niemand weet ek help jou nie. Oukei?"

"Oukei."

Gertjan bespiegel voort oor Maria, maar Trompie luister skielik nie verder nie. Klub'Extatica? Waar het hy dié naam gehoor? Toe onthou hy. Natuurlik! Vanoggend! By slim seun Karel! Wat genoem het waar die een dierasie gewaar is! Die een nog op vrye voet wat glo op kinderhandelaars gefokus is!

Ja, e!Marli, daardie watermeid, is óók by Klub'Extatica gesien!

Skielik kry Trompie se gedagtes koers. Hy moet in die Kaap kom, soos in gister. Voor Maria weer verdwyn. En wat daarvan hy neem Karel saam Kaap toe. Ja, hy is seker die slimme seun en sy meisie sal die kans met al vier hande aangryp om hul laaste gedrog agter slot en grendel te kry.

In die proses kan hulle Maria ook opspoor! Ja, hier kan een hand beslis die ander een was, besluit Trompie. Dinge is besig om koers te kry, uiteindelik!

Kaptein Trompie Bopape groet sy vriend Gertjan en skakel sy hoof, kolonel Bester.

"Ek het 'n leidraad, Kolonel. Ek sal vinnig in die Kaap moet kom."

"'n Leidraad? Oor Topo? En Kraken?"

"Kan wees, Kolonel. Ek sal weet as ek in die Kaap kom."

Trompie lui af en staar na die selfoon in sy hand. Hy het sy hoof mislei, besef hy, maar dit kan nie anders nie. Sussie Maria is topprioriteit.

Drama sonder end

Dis weer sulke tyd, besluit Siti van die agterste sitplek af.

Soos laas toe hulle die lang pad Mpumalanga toe moes vat. Met dié verskil dat hulle nou op pad Kaap toe is en wel in Trompie Bopape se wit Volkswagen Polo ry in plaas van Benner se geel Audi. En Benner wat hierdie keer nie deel van die soekgeselskap uitmaak nie.

Ja, dis tyd vir nog 'n avontuur. Dis nou as mens 'n soektog na die e!Kang's 'n avontuur kan noem. Nagmerrie klink meer akkuraat, al sit sy uit vrye wil hier saam met Karel en die speurder. En dankie tog, dis nog net e!Marli, wat hokgeslaan moet kom, dan kan sy en Karel met hul lewens aangaan.

Soos Karel, was sy verstom toe Trompie hulle uit die bloute meedeel dat hy met die vastrek van e!Marli wil help. Maar ook was hulle, om verskeie redes bly. Eerstens omdat dit nou duidelik is dat Trompie nie hier is om Karel summier in die tronk te stop nie. Haar as medepligtige ook nie. Ja, 'n polisieman wil jy eerder aan jou kant as teen jou hê, het Karel nog gelag.

Dit was goed om Karel weer te sien lag, vir die eerste keer in 'n lang tyd. En om die verligting op sy vierkantige gesig te sien. Ook is sy verlig dat Benner nie nou saam is nie. Dit sou onnodig wees, het sy hom gisteroggend probeer oortuig. "Ons het nou genoeg van jou goedheid gebruik gemaak, Benner," het sy haar woorde versigtig getel. Eers het hy verslae gelyk, maar toe het sy woede in sy twee swart oë sien skuif.

"Hoekom? Ek kan julle mos join? Al is die cops nou ook involved?"

Sy kon aan niks dink om te sê nie en hom net stilweg bekyk, bly dat hy nie in haar binneste kon sien nie.

"So, ek word nou reject? Weggesmyt?" het hy in haar gesig gesis en 'n rilling het koud langs haar ruggraat afgetrek. "Ek was goed tot op 'n kol en nou's dit cheers. Thanks but no thanks. Super Siti is nou klaar met Benner blerrie Buys. Sy's nou buddies met Kareltjie en die cops."

Daar het sy net geweet dit sou nie help om die woedende siel te probeer paai nie. Maar iets moes sy doen, want, het sy vir die soveelste keer besef, solank hy tPort in sy besit het, sal sy hom baie versigtig moet hanteer.

"Nee, Benner," het sy probeer, "ek is g'n klaar met jou nie. Hoe kan ek wees? Ons twee is dan pelle, ek en jy. Pelle wat al 'n lange pad saamstap."

"Ons twee is meer as pelle, Siti. En jy weet dit," het hy gesê en toe, sonder om terug te kyk, weggestap.

Ja, het sy besef, Benner is reg, op 'n vreemde manier ís hulle twee meer as net pelle, al is dit al wat sy van hom wil wees. Laas nag het sy steeds met die gedagte gespook. Wat ís dit met haar en Benner? Karel is die een wat haar hart besit, maar steeds bly Benner in haar gedagtes. Veral nou weer na daai soen op die donker skip in Mosselbaai. 'n Soen wat haar weereens verstom het. Wat haar weer, soos die een onder daai peperboom, onkant betrap het. 'n Soen wat sy hierdie keer beslis nie vir Karel van kan vertel nie.

Ja, het sy laas nag besef, sy wat Siti is, het nog vrek baie om oor haarself te leer.

Sy kyk deur die Polo se vooruit na die R62 wat oor die Karoovlakte weswaarts strek. Agter hulle lê Kangoberg, Calitzdorp en Ladismith met Barrydale wat volgende is. Sy hoor hoe Karel die speurder uitvra oor hoe hy van hul betrokkenheid by Lodge Ikhanda-Ingwe gehoor het?

Toevallig, verduidelik Trompie. Hy's om 'n ander rede na die lodge gestuur en natuurlik het dit waarop hy afgekom het, hom vir 'n ses geslaan. Om die waarheid te sê, hy is steeds verstom, al is hy nou effe meer oor die e!Kang's en hul makabere verhale ingelig.

Siti maak haar oë toe en leun teen die sitplek agteroor. Lodge Ikhanda-Ingwe. Wat 'n ervaring was dit nie. Makaber, inderdaad. Sy onthou dit asof dit gister gebeur het. Luiperd-vrou e!Siti wat in die flitsende lig van bliksemstrale van die mure af bons en amok in die danssaal maak. Asof sy 'n diskodans uitgevoer het. Sy ril en vryf oor haar arms. En om te dink met watermeid e!Marli wag daar nog sulke drama op hulle, dalk nog erger.

Sy dommel weg en toe die Polo by 'n vulstasie in Barrydale stilhou, skrik sy wakker. Hulle rek bene en toe hulle verder ry, sit Siti voor langs Trompie en vra uit oor die speurder se werk.

"Jy't gesê jou afdeling het met kubermisdaad te doen, Kaptein?"

"Ja, dis 'n ding wat toeneem, vinnig. En wat dit betref, sing die RSA ongelukkig voor in die koor. Ons is nou derde op die wêreldranglys vir kubermisdaad. Net na Rusland en Sjina, ten spyte daarvan dat ons bevolking veel kleiner is. Nie iets wat mens graag oorvertel nie."

"Watse interessante sake werk julle aan?" vra Karel van die agterste sitplek af.

"'n Hele paar, maar die groot vis waarna ons tans soek is 'n sindikaat wat onder die naam Kraken werk. Sovêr ons kan vasstel, fokus hulle op kinderhandel. Alles op die internet."

Siti voel hoe haar oë rek. "Kinderhandel! Vertel!"

En Trompie vertel. "Die internet het 'n legio voordele, maar net soveel nadele. Omdat mens so anoniem daarop kan werk, misbruik misdadigers die net op groot skaal.

"Pedofiele, byvoorbeeld, sit nou in die veiligheid van hul huis of hotelkamer en kyk ongehinderd na foto's van kinders wat beskikbaar is. 'n 'Bestelling' kan met 'n klik op 'n skerm geplaas word en betaling word ook oor die net gedoen. Jou 'produk' word dan gelewer waar jy dit ook wil hê."

Lank is dit stil in die Polo. "Dis om van siek te word," sê Siti na 'n ruk. Inderdaad voel sy naar op haar maag. Sy hoor Trompie verder praat.

"Maar die owerhede sit nie stil nie. Ons, die SAPD, is by Interpol se 1-24/7 diens ingeskakel. Dis 'n inligtingstelsel gemik op die opspoor van hierdie boewe. En dit werk goed. Op versoek van Interpol, is ek juis nou op die spoor van ene Topo. Ons vermoed hy's die baas van Kraken."

Vir 'n oomblik is dit grafstil in die Polo. Net die wiele se gesuis, nou op die N2. Toe hoor Siti haarself praat, met 'n hees stem.

"Het jy gesê Topo?"

"Ja, hoekom?"

Siti draai na agter, om seker te maak sy en Karel het dieselfde naam gehoor. Karel se oë, soos pierings gerek, bevestig dit. Ook sy woorde as hy Trompie aanspreek.

"Ons weet van Topo, Kaptein. Altans, ons het al die voorreg gehad om hom te ontmoet."

Die Polo swaai gevaarlik oor die ryvlak, maar Trompie kry die voertuig weer onder beheer. Hy trek af en kom met 'n vaart langs die pad tot stilstand. 'n Stofwolk hang om die motor. Nou is dit doodstil, net die enjin wat saggies luier en 'n wit Ford wat van agter by hulle verbyjaag.

"Julle weet van Topo? Hom ontmoet?" Trompie se stem is skor.

Siti hoor haarself vertel. Oor die renoster-man e!Buks wat Topo soos 'n lappop in die lug opgesmyt het, daar in die droë rivierbedding. Die gepiep van die renosterkalfie, die skril gesmeek van die koei toe sy geskiet word, sheikh Ali se gehuil in die tent daardie nag toe alles verby is. Sy vertel ook van Topo se sluwe oë, selfs toe hy later die nag om pynpille gesmeek het.

Uiteindelik is haar storie vertel en weer raak dit stil in die Polo. Siti kyk by die venster uit, oor die vlaktes van die Overberg.

Later ry hulle deur 'n dorp met die naam Riviersonderend. Die naam laat Siti dink aan die drama waarby sy en Karel met hierdie e!Kang's betrokke is.

"Ja," sê Siti, "Hierdie is inderdaad 'n drama sonder end."

Trompie vertel

Die Polo suis voort, weswaarts, deur die vlaktes van die Overberg met die berge deinserig aan hul regterkant. Siti se aandag is egter by Trompie, hier langs haar. Die man lyk ingedagte, asof hy nog iets wil vertel, maar nie sovêr kom nie.

"Wat het jou laat besluit om ons te help, Kaptein? Ek meen, die polisie werk tog nie gewoonlik saam met misdadigers soos ons nie?"

"Seker nie," lag Trompie. "Maar hoe anders kan ek agter die kap van die byl kom? Ek wil self hierdie laaste e!Kang besigheid van julle in aksie sien. Die watermeid. Veral hoe sy weer onskadelik gemaak gaan word. Eers dan kan ek my verslag skryf en die saak hopelik afhandel."

"Verslag skryf?" lag Siti. "Dis nou een polisieverslag wat ek graag sal wil lees."

"Ja," sê Karel, "en ek wil by wees as kaptein die verslag voorlê aan jou bevelvoerder. En aan die hoof van die SAPD. En Interpol. Hulle gaan lê van die lag."

"Miskien sál hulle lag, ja, totdat hulle hoor dat ek nou ooggetuies het wat onse Topo in aksie gesien het. In lewende lywe."

Dit raak weer stil in die motor. Net weer die wiele se gesuis en die wind wat om die Polo se bakwerk suis. Siti kyk weer skuinsweg na Trompie. Die kaptein speel nie oop kaarte nie. Hoekom sal hy op so 'n absurde missie wil gaan? Hy glo tog nie alles wat sy en Karel vertel het nie? Of dalk glo hy tog. Die mannetjie is skerp en jonk vir sy rang.

"Daar's iets anders, Kaptein," waag Siti dit uiteindelik. "Iets wat jy in die Kaap wil gaan doen. Iets wat jy ons nie van sê nie."

Trompie kyk vinnig na haar. Onthuts. Ha! besluit Siti. Haar ekstra sintuig werk toe! Sy wag, maar Trompie staar nou woordeloos voor hom op die pad. Sy bekyk weer die golwende landskap van die

Overberg wat verbyskuif. Troppe skape staan kopomlaag in die middaghitte in mekaar se skaduwees saamgedrom.

Toe, uit die bloute, praat Trompie. "Dis Maria. My suster. Ek kan julle netsowel van haar vertel."

Sy laatlam sussie wat drie maande gelede spoorloos verdwyn het. Twee dae gelede het hy vir die eerste keer nuus oor haar gekry. 'n Kollega het haar dalk by 'n nagklub in die Kaap gesien. Vlugtig. En die nagklub is Klub'Extatica, presies waarheen hulle drie nou op pad is.

"So, my sussie is dan by dieselfde plek opgemerk waar julle e!Marli ook gesien was. As dit nie die noodlot is nie, weet ek nie."

"Jou kollegas in die Kaap kon Maria seker opgespoor het, Kaptein?" vra Karel. "Ek meen, hulle weet tog nou waar sy is?"

"Ja en nee. Die SAPD is toegegooi met sake oor vermiste tieners. Veral meisies. Dit kan maande duur voor hulle Maria weer opspoor. Indien ooit." Trompie swyg vir 'n ruk en Siti sien hy sluk aan 'n knop in sy keel. "Toe besluit ek om na haar te soek. In die geheim. Nie eens my bevelvoerder weet nie. Net een van my kollegas weet, Gertjan in die Kaap. Dis hy wat laat weet het dat sy dalk by daai klub gesien was."

Trompie swyg weer en Siti sien hoe sy hande op die stuurwiel klem. Goddank het sy dit nog nooit beleef nie, maar niks kan erger as 'n vermiste dierbare wees nie.

"Wat weet julle van daardie klub af, Kaptein? Klub'Extatica?" vra Karel van agter af.

"Ek het gisteraand op die SAPD se databasis gaan snuffel. Dis inderdaad 'n hool. Ons vermoed dis die hoofkwartier van 'n hele spul misdaadsindikate ook. Die baas daar is ene Señor Droga, 'n booswig met 'n rekord wat skrik vir niks. 'n Bendeleier van die Kaapse Vlakte wat in Pollsmoor tronk gesit het, 'n hele dekade lank. Maar hy's weer op die samelewing losgelaat."

"Waarmee is hy besig?" vra Siti. "Ek bedoel, by watse misdade is hy betrokke?"

"Dwelms en prostitusie, hoofsaaklik. Vermoedelik kinderhandel ook. En hy's goed georganiseer, die Señor Droga. Met twee adjudante wat hom bystaan. Señor Droga se seun Winston, en ene Jakes.

"Hierdie Jakes, ook 'n boef met 'n misdaadrekord langer as sy arm, sien om na Señor Droga se dwelmnetwerk. Seun Winston is ook 'n gesiene bendeleier op die Kaapse Vlakte en volgens die databasis is hy in beheer van die sindikaat se straatmeisies."

Siti sien Trompie se kakebeen is styf geklem. Hy kug en gaan dan voort. "My intuïsie sê hierdie Winston het iets met my suster se verdwyning te doen. Ek meen, hoekom word sy, uit die bloute, by Klub'Extatica gesien?"

Die speurder klink hoopvol, hoor Siti, al beteken dit dat sy suster nou op 'n manier 'n straatvrou is. "Moenie opgee nie, Kaptein," troos sy. "Ons gaan haar opspoor. Vir Maria. Met e!Marli se hulp. Dis nou danksy hierdie slim maatjie van my. Die een hier op die agtersitplek."

Sy draai dwars, kry Karel aan die skouer beet, trek hom nader. "Ek's trots op jou. Besef jy dit?" fluister sy in sy oor en soen om vinnig op die mond. Toe lag sy vir die seun se rooi gesig. Gaan hy altyd so bloos as sy hom soen?

Maar Karel kom tot verhaal en vra die vraag wat ook by haar opgekom het. "Hierdie Señor Droga van Klub'Extatica, kan hy dalk lid van Topo se sindikaat wees? Wat noem hulle hulself nou weer?"

"Kraken," onthou Siti.

"Kraken, ja," sê Trompie. "En ja, dis heel moontlik dat die señor lid van daai sindikaat is. En weet julle wat? Ek dink ons geluk is besig om te draai. Vinnig te draai. Want stukke van hierdie legkaart begin nou pas."

Maria

Hierdie kant van die straat behoort aan haar wat Maria is, het Winston gesê. Dis nou die blok tussen Langstraat en Klub'Extatica. Die ander meisies mag nie hier kom nie, het hy gewaarsku. En as hulle pla, wil hy dadelik weet.

Nie dat dit sommer sal gebeur nie, weet Maria. Almal ken Winston en almal is bang vir die jong skurk, met haar, Maria, die bangste van almal. Al is hy die heer en die meester wie sy dien.

Sy trek die dun serp stywer oor haar kaal skouers. Ten spyte van die Desember-aand, is dit koud hier in die suidoostewind. Haar fix van vanoggend is lankal uitgewerk. Deesdae is dit net die lollie wat help. Die lollie met die wit poeier wat warmte bring. Eintlik te veel warmte, want dit laat haar die hele nag aanhou. Maar dis wat Winston wil hê. Die kasregister moet rol, heelnag deur. Vir grootbaas Señor Droga in die boonste verdieping van Klub'Extatica.

Dis hoe dit deesdae met haar is, dink Maria. Nagte wat sy skaars weet wie sy is en wat sy doen, maar as sy laat soggens by haar sinne kom, gril sy in die spieël. Dan word sy naar, sommer so in die wasbak voor haar. Met 'n lyf wat ruk en ruk en ruk. So gaan dit elke oggend met haar en môreoggend sal dit wéér so wees.

Waar sou Winston vanaand wees? wonder sy. Winston wat haar lewe verander het. Eers was dit hy, toe die lollies en daarna die straat. Winston wat sy oor 'n kletskamer ontmoet het, 'n kletskamer vir avontuurlustige tieners soos sy.

Winston, Señor Droga se eie seun, wat eendag sy pa se koninkryk gaan oorneem, indien hy dit nie reeds gedoen het nie. Winston wat eers haar vriend was en toe haar pimp geword het. 'n Bevryder wat tronkbewaarder geword het.

Iewers in die stad beier 'n kerkklok elf keer. Vanaand is besigheid stil en Maria kan nie besluit of dit goed of sleg is nie. Goed wel, want met so min tik in haar bloed, soek sy nie nou 'n lyf by haar nie. Maar ook sleg, want Winston gaan op haar skel en beskuldig dat sy slaplê.

Erger nog, as haar skof verby is, gaan hy haar die gebruiklike lollie ontsê. Die salige sneeuwit poeier wat deel van haar vergoeding is en wat ook sal help dat sy die vergange nag vergeet.

Nou sal sy met haar eie geldjie by 'n pusher moet probeer. En dié bliksems is genadeloos. Hulle sien haar op 'n afstand kom, want uit ervaring ken hulle 'n lyf wat smag. Dan, skielik, skiet die prys die hoogte in en op die ou end moet sy maar net weer die transaksie op 'n ander manier beklink. Enige iets om net weg van die nou en hier te kom.

Maria trek die dun serp nog stywer oor haar skouers. Haar laaste fix was ure gelede en sy ken die gevoel maar net te goed. Van haar lyf wat so smag dat sy gesigte begin sien. Soos nou weer, want sy's seker sy het weereens die figuur teen die muur oorkant die straat gewaar. 'n Groot stuk graffiti wat verskyn en vinnig weer verdwyn. Graffiti wat na 'n rotstekening lyk. Van 'n vrou met 'n sierlike lyf en lang swart hare. Baie soos dié van daardie waternimf wat sy op 'n keer in 'n tydskrif gesien het.

Sy staar weer na die baksteenmuur, maar dis nou skoon. Nee, sy het haar net verbeel, dankie tog. Dis nou weer net die muur met die donker pakhuis op die agtergrond, verder niks. Buitendien sou sy so 'n stuk graffiti tog voorheen al opgemerk het.

Toe, skielik, onthou sy van die gerugte wat die laaste paar dae die rondte doen, hoeka oor 'n vrouefiguur wat in die buurt teen geboue gewaar is. 'n Paar keer al, deur 'n hele spul verskillende waarnemers gesien.

Roerloos staan Maria en staar. Laer af hoor sy Langstraat se verkeer en straatop die doef-doef-doef van Klub'Extatica se diskomusiek. Toe, vasberade, kies sy koers terug na die klub. Vroegaand of te not, geen manier gaan sy wag dat daai graffiti weer verskyn nie. Nee, vanaand, liewe Winston, kan jy in jou moer vlieg.

Sy stap vinnig op haar hoë hakke. Klak, klak, klak eggo dit terug van die geboue oorkant die straat. Sy kyk oor haar skouer, vir ingeval. En ja, sowaar, daar's die graffiti weer, hierdie keer teen 'n ander muur! En nou lyk dit of die ding haar volg! Maria begin hardloop, so op die hoë hakke. Die een hak breek en sy trap skuins, kom weer orent en strompel voort, skeef-skeef op die stukkende hak.

Toe is sy by Klub'Extatica se ingang, met die figuur op die sypaadjie, vlak agter haar. Maria snak na haar asem, want nou gewaar sy die ding staan in die middel van die straat, weg van enige muur af!

Voor haar staan Jakes, soos altyd ewe breed voor die ingang op wag. Behalwe sy werk as dwelmbaas, is hy ook die klub se uitsmyter. Ook grootbaas Señor Droga se lyfwag en persoonlike beskermengel.

"Wat de donner gaan aan met jou?!" gil die massiewe man op Maria. "Waarheen hol jy soos 'n mal mens? En wie's dit dié? Van wanneer af bring jy vreemde vroue hierheen? In ons gebied! Jy ken tog die reëls!"

Toe brul Jakes op die vrou wat nou skuins agter Maria staan. "Maak dat jy wegkom, Bitch."

Maria staar en wonder of sy onder hipnose beland het. So iets het sy nog nooit gesien nie. Dis of die vrou werklik 'n rotstekening is, uit die oertyd, soos die's wat sy op 'n dag in 'n boek gesien het. 'n Mitiese wese met 'n tydlose gesig, slanke lyf, lang hare en oë wat soos twee donker waterpoele lyk.

Dit beweeg nader, reg op Jakes af. Geruisloos, asof sy sweef. Die uitsmyter se oë staan nou stokstyf in sy kop, al sy bravade skielik daarmee heen.

Die wese tree vorentoe, kry Jakes met slanke arms aan sy baadjie se lapelle beet en lig hom van sy voete af.

Toe spring Maria deur die glasdeure na die veiligheid wat Klub'Extatica bied.

Señor Droga

Señor Droga is in sy skik. Vroeër die dag het sy rekenmeester bevestig dat die geldsake van Klub'Extatica goed lyk. Báie goed, eintlik uitstekend. Wat weereens bewys, besluit Señor Droga, dat mens nooit moet opgee nie. Ja, wees versigtig, maar druk deur en uiteindelik gaan die beloning kom. Met alles in die lewe gaan dit so en met 'n dwelmkoning soos hy, is dit veral die geval.

Die señor sit agter sy tamaai lessenaar met insetsels van ivoor in die blad. Hy leun agteroor in sy draaistoel, gaap behaaglik, byt die puntjie van sy sigaar af en spoeg dit eenkant toe. Hy trek die sigaar oor sy bolip om die kwaliteit daarvan te toets. Ja, dis die beste wat Kuba kan bied. En hoekom nie? Hy,

Señor Droga, verdien net die beste, want werk hy nie al 'n leeftyd lank om tot hier te kom nie?

Almal dink mos dwelms is 'n maklike manier om jou brood te verdien. Wees net bereid om kanse te vat, word gesê. Ga! As dit so maklik was, hoekom is almal dan nie in dwelmhandel nie? Maar eintlik is dit tóg maklik, grinnik die señor. Gebruik net jou kop en sorg dat ánder die kanse namens jou vat, en die gelag vir jou betaal. 'n Les wat hy van sy kleintyd af geleer het. Eers as tiener in die agterstrate van Manenberg en daarna 'n dekade lank in die tronk. As baas van die 37's, daar in Pollsmoor.

Jare van hel, maar jare wat hy nou as 'n belegging kan beskou. Met kennis wat hy opgedoen het en al die kontakte wat hy kon opbou. Kontakte onder mede gevangenes, lede van bendes, die 36's en natuurlik van die 37's, selfs onder die lede van die 38's. Om nie van kontakte met korrupte bewaarders en polisiemanne te praat nie.

Dis toe dat hy die eretitel Señor Droga gekry het. Oftewel Meneer Dwelms as dit uit Spaans vertaal sou word. Of Colombiaans, want dis tog die Mekka van die wêreld se dwelm industrie. Ja, so bedrewe het hy die sindikaat daar uit die gevangenis beheer dat daar gedink is dat hy direk kontakte met die onderwêreld in Bogotá had. Wat vir Señor Droga ongelukkig nie die geval was nie. Nogtans was hy trots op sy bynaam en op die reputasie waaraan hy so hard moes werk.

Hy klik die aansteker en trek die sigaar in die lengte deur die vlam. Dis nou om die rookding bietjie op te warm vir ekstra geur. Hy trek longe vol eksotiese damp en blaas die walm behaaglik deur sy neus.

Hy stap by sy kantoor uit en kyk na benede, na die dansvloer daar onder die mezzanine waarop hy staan. Dis vroegaand en dinge gaan nog rustig hier in Klub'Extatica met net hier en daar gaste wat vroeg opgedaag het. Die aksie kom gewoonlik later, hier van tien, elfuur se kant af. Dan sal die plek se hart begin klop, soos elke aand van die week.

Dis nou behalwe Sondae, want dan is Klub'Extatica gesluit. Hy, Señor Droga, is 'n kerkman, die Sabat moet geheilig word en jou tiende moet betaal word. Dan stroom die seëninge in, soos wat dit al so lank sy kant toe stroom.

Hier teen middernag sal Klub'Extatica gepak wees. Die musiek sal pols, ritmies diep en die see van koppe sal in die flikkering van die diskoligte dein, op en af, in pas met die klop van trom en baskitaar.

Hy, Señor Droga, sal weer hier kom staan en afkyk oor sy ryk, soos 'n vors op sy onderdane kyk. Onderdane met behoeftes waarin hy so graag voorsien. Behoeftes wat hy help skep het, dermate dat Klub'Extatica vir hom deesdae eintlik net 'n speelplek is. 'n Monument vir dit wat hy as sakeman vermag het. En dan is dit ook 'n front vir die twee netwerke wat eintlik sy brood en botter is.

Netwerk nommer een, onder beheer van sy handlanger Jakes, is daardie dwelmsmouse wat sy vuilwerk vir hom doen. Domkoppe op wie hy die skuld pak as dinge verkeerd loop. Siele wat self verslaaf is. Wat bereid is om kanse te vat vir 'n beloning wat eintlik 'n hongerloon is, skaars genoeg om vir hulle eie dwelms te betaal.

Dan is daar netwerk nommer twee, sy gunsteling. Die meisies wat met hul lywe vir hom werk. 'n Netwerk wat sy seun Winston aan die gang gekry het en aan die gang hou. Maklik, want netwerk nommer twee skakel uitstekend in by nommer een. Kry die meisies eers verslaaf en daarna besit jy hul lywe. Bates wat skrik vir niks.

En as die lywe die dag vodde is, wink die uitvoermark. Gulsige sindikate wat smag na bloed uit Afrika. Al is die lywe teen daardie tyd soos koring wat kaf geword het. Uitgetrap. Of, soos Señor Droga eenkeer vir iemand verduidelik het, soos koeldrankbottels. Jy kan nog altyd iets vir die leë houers kry.

So van netwerke gepraat, in hierdie bedryf is dit belangrik om by die regte een ingeskakel te wees. Soos wat hy, Señor Droga, by Kraken ingeskakel is. Deel van Topo se koninkryk wat reg om die aardbol strek.

Dit herinner Señor Droga aan die oproep wat hy moet maak en hy draai terug na sy kantoor. Tyd om by Topo te hoor van die meisies wat oor 'n week Jemen toe gestuur moet word. Ja, hy moet sy voorraad reg hê, want met Topo vat jy nie kanse nie.

Veral nie nou met 'n vorige sending waar dinge so misluk het nie. Daar word in Kraken se binnekringe gefluister, met dáárdie sending het Topo tweede gekom. Of mens dit kan glo, is 'n ander saak, want allerhande verspotte gerugte doen nou die rondte.

Van 'n gedrog wat amok op daardie skip Navio Pirata gemaak het en die skipper, Sal Teador, genadeloos toegetakel het. Sal Teador wat, soos Señor Droga, 'n geërde lid van Kraken se opperbevel is.

Nou soek Topo twintig meisies wat in die Kaapse hawe gelewer moet word en wel om middernag, twee dae van nou. Die meisies moet dan aan boord die luukse jag Tinta Barocca gebring word vanwaar Topo self in persoon sal oorneem. Niks om oor te bekommer nie, het Topo verseker en toe onmiddellik weer gedreig dat die meisies die moeite werd moet wees, al twintig van hulle.

Die moeite werd moet wees? het Señor Droga gewonder. Verwag Topo dan Mejuffrou Wêrelde? Uit meisies wat jare lank deur die straat verrinneweer is? Met gesigte opgeswel soos hulle gereeld onder die vuiste van dronk matrose moet deurloop. Arms, bene, voete en bobene pimpel en pers deur dwelmnaalde gesteek?

Maar hy het niks gesê nie. Teenoor Topo sê jy so min as moontlik. 'n Man soos hy sal in elk geval nie van leë Coke bottels verstaan nie.

Onder op die dansbaan het dit nou besig geraak. Doef-doef-doef pomp dit oor die kragtige klankstelsel. Dis *Reflektor* van Arcade Fire, een van Señor Droga se gunsteling ritmes wat hom weer jonk laat voel. Met die sigaar steeds in die hoek van sy mond, stap hy weer uit op die mezzanine. Van hier kan hy die jong lywe met die kort rompies, al kronkelend op die maat van trom en baskitaar, ongesiens betrag.

'n Gesig tussen die massas op die dansvloer trek sy aandag. Dis een wat nie daar hoort nie, sien Señor Droga onmiddellik. Hy staar af na onder, maar om die gesig weer in die skemerte te eien, is moeilik.

Toe sien hy haar weer; die jongste toevoeging tot sy straat brigade. Ja, dis Maria se gesig wat hy tussen die flitse deur eien. Die beeldskone Maria wat Winston eienhandig daar in Jozi gaan werf het, spesiaal vir Klub'Extatica. Wat maak sy hier? Haar skof eindig tog eers veel later, eers in die vroeë oggenduur?

Asof die meisie sy oë op haar voel, kyk sy op na hom. Aan-af, aan-af, flits dit oor haar gesig, op die doef-doef-doef ritme van *Reflektor*. Toe sien Señor Droga paniek op die meisie se gesig. Paniek? Watse paniek? Het 'n kliënt haar aangerand? Maar Señor Droga hoef nie verder te wonder nie.

'n Oorverdowende slag klink van die ingang af en die señor sien hoe uitsmyter Jakes deur die glasdeur bars en op sy rug oor die dansvloer skuif. Kop eerste, tref hy die verhoog van die paaldanseresse en daar bly die reus van 'n man roerloos lê.

Vir 'n oomblik is die klub stil geskrik. Net *Reflektor* wat met 'n laaste gedoef-doef wegdoof.

Señor Droga draai om, spoeg sy sigaar met 'n boog oor die rand van die mezzanine en spring vir sy kantoordeur om by sy 9 mil pistool te kom. Instink het nou oorgeneem. Instink wat hy oor jare in die onderwêreld van Manenberg en later in die tronk ontwikkel het.

Hy storm terug op die mezzanine met die pistool voor hom gerig. Hy's reg vir Jakes se aanvaller, wie dit ook al is. Wegkruip is die laaste ding wat hy gaan doen. En wegkruip gaan in elk geval nie nou help nie. Dit vertel instink hom ook.

Dis steeds grafstil in die klub met net die diskoligte wat onafgebroke flits en flits en flits. Tussen die flitse deur, gewaar Señor Droga die vrouefiguur wat teen die klub se mure verskyn en verdwyn, verskyn en verdwyn. Bewegende graffiti, soos 'n rotstekening wat bons, van muur na muur na muur.

Vervaard onthou hy nou van die gerugte wat die afgelope paar dae die rondte hier doen. Oor die einste rotstekening wat teen geboue en strukture hier in die buurt verskyn en verdwyn. Gerugte wat hy afgelag en aan die waansin van sy verslaafde kliënte toegedig het.

Toe staan die graffiti-vrou vlak voor hom, roerloos, soos 'n rotstekening wat nog altyd daar was. Señor Droga lig die 9 mil en vuur. Die koeëls klap teen die oorkantste muur, dwarsdeur die figuur. Iemand gil en toe is dit weer stil.

Die wese gee 'n enkele tree nader, kry Señor Droga aan die baadjie se lapelle beet, swaai hom oor die reëling van die mezzanine, en toe trek die dwelmbaas met 'n boog deur die lug met swaaiende arms en bene af na onder toe.

Verder onthou die señor niks, behalwe sy eie gille oomblikke voor hy die dansvloer tref.

Siti maak plan

Karel gesels met Trompie en Siti. Hulle sit op die voorstoep van 'n huis in Oranjezicht.

Die huis behoort aan ta' Martie, 'n tannie van Siti aan haar ma se kant. Dis waar sy en Karel tuisgaan. Die plek het 'n uitsig oor Tafelbaai waar talle skepe voor anker lê, boeg in die tierende suidooster gedraai. Skuins na agter trek die einste suidooster 'n wit donskombers oor Tafelberg.

Trompie woon vêrder straataf in 'n gastehuis. Hy is aan die woord en vertel van sy besoek aan Klub'Extatica die vorige nag.

"Julle moes dit sien. Die plek is in 'n toestand. Blitsmotors met blou ligte, ambulanse met geel ligte en hordes nuuskieriges wat mekaar buite op die sypaadjie vertrap. En binne die klub is dit nag. Chaos. Gebreekte stoele, tafels, glase, vensters, klanktoerusting."

"Klink bekend," sê Karel en kyk onderlangs na Siti. "Soos die eetsaal daar in Lodge Ikhanda-Ingwe. Na e!Siti se diskodans."

Maar Siti is duidelik nie nou in 'n bui vir los praatjies nie. Sy bekyk Trompie met oë wat blits. "Hoekom het jy ons nie laat weet nie, Kaptein? Dat jy na daai klub toe gaan nie? Is ons saam in hierdie ding of nie?"

Karel grinnik onderlangs. Die stomme kaptein gaan hierdie swartkopmeisie nog leer ken. En ewe vinnig begin die einste kaptein dan ook verduidelik.

"Kollega Gertjan het my net na middernag van die aanval laat weet. Ek moes vinnig daar kom. Ek meen, julle watermeid sou seker nie rondhang om vasgetrek te word nie? En sy het ook nie. Toe ek daar kom, was sy skoonveld, groot speld se moses. Net 'n paar omstanders wat haar kon beskryf het, almal wit geskrik.

"En almal spin dieselfde storie. Van 'n geveg in die klub. Skouspelagtig. Julle watermeid wat van die mure af bons, heen-en-weer, op en af. Sy het glo eers die uitsmyter deur die glasdeure gefoeter en toe die baas van die plek bo van die mezzanine afgesmyt. Dis nou die Señor Droga van wie ek julle vertel het.

"Daarna het sy onder 'n paar gaste ingeklim. Blykbaar heel selektief. Haar prooi opgetel en soos opblaaspoppe rond geboender, maar geen noodlottige gevalle nie. Net seer lywe, opgeswelde neuse, pof gesigte, gebreekte bene en arms. Groote Schuur Hospitaal was laas nag so besig soos Nuweland as die WP speel."

Karel wil vra, maar Siti spring hom voor. "En Maria, Kaptein? Iets van haar gehoor?"

Trompie raak stil en kyk vêr oor die see. Hy kug. "Nee. Maar 'n hele paar gaste sê 'n meisie van haar beskrywing was beslis laas nag in die klub."

"Dan sal ons haar kry, Kaptein," troos Siti. "Hou net vas."

"Dis nie al nie," gaan Trompie voort. "'n Meisie van die klub sê ás dit Maria is, is sy een van húlle. Ek bedoel 'n ... 'n straatmeisie. En dat sy nou al 'n maand lank vir Señor Droga werk."

Een van húlle? wil Karel vra, maar bedink hom betyds. Al drie weet tog dat Maria teen dié tyd 'n straatmeisie is, wat vir die wit poeier moet werk. Hy probeer die hartseer op Trompie se gesig miskyk. Goed, die lewe is nie regverdig nie, maar moet dit só onregverdig wees. Hy dink aan iets om te sê, maar kry niks. Gelukkig praat Siti.

"Wat's volgende, Kaptein? Ons gaan seker weer terug na die klub toe om meer uit te vind? En om daai señor uit te vra?"

"Sekerlik gaan ons terug." Die speurder se stem sny soos 'n lem. "Señor Droga lê bewusteloos in die hospitaal, ons sal moet wag voor ons hom onder oë kan kry. Maar daar's twee ander jafels wat ons te woord kan staan."

"Praat jy van seuntjie Winston die pimp en Jakes die dwelmsmous?" vra Siti, onnodig.

"Einste," sny Trompie se stem weer.

Vir 'n wyle is dit stil tussen die drie. Hulle kyk af op Kaapstad se hawe, na 'n sleepboot wat manhaftig beur om 'n vragskip in die ooptes van Tafelbaai te kry.

Karel se gedagtes spring terug na e!Bongi, die waterslang. Daar op die Navio Pirata waarop Siti en Benner ook was. En so gepraat, wat sou van die vent Benner geword het?

"Verduidelik net weer hoe julle geweet het dat die watermeid hier in die Kaap is?" onderbreek Trompie die stilte. "En waar die ander e!Kang's hulself bevind het?"

"Maklik. Elke e!Kang laat 'n ouditspoor op die internet agter, wat wys waarheen hulle hulself per e-pos gestuur het. Ook wys dit watter soekwoorde hulle gebruik het, op soekenjins soos Google.

"En," las Siti by, duidelik in haar skik dat sy ook kan begin saampraat. "Die e!Kang's floreer op soekenjins. Dis hoe hulle leer. Elke sekonde van die dag. Hulle slaap nooit en gaan nooit met vakansie nie."

"Ook nie met siekteverlof nie," gaan Karel voort. "Heeltyd is hulle besig om hul heuristiese geheues aan te vul met kennis wat hulle een of ander tyd kan gebruik. Uit miljoene webwerwe en kletskamers en blogs en sosiale netwerke, regoor die aarde. Mens kan sê hulle is skaakspelers met die wêreld as hul skaakbord."

"As jy geweet het dinge sou so gebeur, sou jy ooit hierdie gediertes geskep het, Karel?" vra Trompie. "Hierdie e!Kang's?"

"Daar's niks met hulle verkeerd nie, Kaptein. Ek moes net gekeer het dat hulle in kontak met tPort kon kom, daardie teleportasie-program wat my oupa geskryf het. Dis waar dinge skeef geloop het."

"Gelukkig weet ons een ding," sê Siti. Sy sit langs Karel, arm oor sy skouers. "Elkeen het 'n eie missie. Soos e!Buks. Hy jag renosterstropers, niks anders nie. En e!Marli wat kinderhandelaars jag, niks anders nie. Dis waarvoor hulle geprogrammeer is. En so gepraat, Kaptein, wanneer gaan ons Klub'Extatica toe?"

"Sommer nou," sê Trompie, en kom orent. "Kollega Gertjan het laat weet uitsmyter Jakes is uit die hospitaal ontslaan en terug by die klub. Ek wil hom ondervra, voor sy baas, die señor, ook terug is. Onse Jakes sal weet van e!Marli. Dalk ook van Maria. Kom, is julle reg?"

"Ja," sê Karel en staan op. Maar Siti bly sit.

"Nee, ek kom nie saam nie. Gaan kuier julle twee vir Jakes. Ek's is besig om 'n plan uit te dink. Ek soek eenkant tyd."

"Watse plan, Siti?" vra Karel.

"'n Goeie plan. Dis gewaag, maar kan werk. Ek wil eers daaroor dink. Dan sal ek sê."

Jakes verduidelik, vir e!Buks

Van agter die kroegtoonbank van Klub'Extatica, gluur Jakes na Karel en Trompie deur een skrefie-oog, die ander een is potblou toegeswel.

Karel kyk rond. Klub'Extatica lyk sleg en weer onthou hy van Lodge Ikhanda-Ingwe se eetsaal, skaars 'n week of twee gelede. Soos luiperd-vrou e!Siti, is binnehuisversiering nie watermeid e!Marli se sterkpunt nie.

"Vertel wat laas nag hier gebeur het," sê Trompie en hou sy SAPD identifikasie-kaart voor Jakes se oop oog.

"Het julle 'n warrant?" vra Jakes, ewe braaf.

"Nee," sê Trompie, "ons het nie 'n lasbrief nie. Ook nie baie geduld nie. As ek jy is, hou ek my nie té hardegat nie."

"Gaan kry 'n warrant. Of arrest my vir een of ander crime. Dan chat ons weer."

Trompie gee egter nie bes nie en hou 'n foto van sy suster Maria op sy selfoon voor Jakes se oop oog. "Ken jy hierdie meisie?"

Maar Jakes het nou vrede met sy twee besoekers. Hy draai sy rug vir hulle en begin agter die toonbank werskaf. Die glase en drankbottels wat die aanslag oorleef het, moet terug op die rak kom.

Karel dink vinnig.

Hulle gaan nie vorder nie, daarvoor is hierdie Jakes duidelik te uitgeslape. Na vele onderonsies met die gereg, weet die man teen dié tyd wat sy regte is. Karel bring sy Samsung te voorskyn en sonder 'n enkele woord, aktiveer hy e!Buks.

Die renoster-man verskyn uit die niet en staan roerloos op die kroegtoonbank, al vier dik bene uitmekaar geplant. Trompie wip soos hy skrik, al het hy die e!Kang's reeds onder oë gehad.

Jakes is nou hard besig met opruim en ewe moedswillig, ignoreer hy steeds die twee onwelkome besoekers agter hom. Maar toe dit te stil agter hom raak, kyk hy oor sy skouer.

Fout.

Die uitsmyter steier agteruit en tref die rak met sy volle gewig. Bottels en glase stort weer na benede. Glasstukke spat en drank uit stukkende bottels borrel-borrel oor die vloer. Jakes sak af tot op die vloer en staar met die oop oog na die dierasie op die toonbank. e!Buks troon bo hom uit, sy renoster gevreet uitdrukkingloos en 'n vlymskerp horing wat opwaarts punt.

"Toemaar, fluister Karel vir Trompie, "hy sal niks doen nie. Sy geheue is gedeaktiveer. Hoop net hierdie Jakes is nie 'n renosterstroper nie."

Jakes lig sy arm voor sy gesig en kyk weg, eenkant toe. Asof hy die gedrog op dié manier weg kan wens. Karel, elmboë op die toonbank gestut, praat af na Jakes.

"Ons is haastig, my ou. So, antwoord nou die speurder se vrae. Toe, seblief. Anders gaan hierdie renoster met jou speel. Soos die watermeid met jou gespeel het, gisteraand. Net tien keer erger"

Toe begin Jakes praat, sonder ophou, soos 'n kraan wat oopgedraai word. Heeltyd staar hy met die een oopgerekte oog op in die renoster se gevreet. Asof hy net met hóm praat.

"Ja, ek weet wie Maria is," bieg Jakes. "Sy's een van die meisies wat vir Señor Droga werk. Eintlik vir Winston. Daardie vreemde vrou-ding het Maria gisteraand hierheen gevolg, dink ek. Die vrou wat lyk soos graffiti wat beweeg. Sy het my opgetel en dwarsdeur die glasdeur gesmyt. Daarna onthou ek niks.

"En toe ek weer surface, is die monstrosity vrou besig om die club te ruin. Ek fake to maar of ek steeds lights out is, want om my het mans se bodies deur die lug getrek, left and right. En die vroue het gegil en gegil. En toe's die cops hier, blou ligte en sirens. Gelukkig die ambulans ook. Maar die monster woman was toe weg, asof sy nooit hier was nie."

En, beloof Jakes vir e!Buks, hy het besluit om na gisteraand 'n nuwe blaadjie om te slaan. Hy gaan hom nie meer met onwettigheid ophou nie. Van nou af is hy 'n vrome man. Wat net die smal weg wil bewandel. Van nou af sit hy Sondagoggende in die kerk. Heel voor. Sondagaande ook.

Trompie is nou min oor Jakes se boetedoenings gepla. "Jy sê Maria werk vir Señor Droga. Watse werk?"

"Die werk wat al Winston se girls doen," sê Jakes vir e!Buks.

"Moenie jou slim hou nie, Jakes. Watse werk?"

"Street work," sê Jakes vir e!Buks.

"Straatwerk? Jy bedoel sy's 'n straatvrou?"

"Ja, maar sy's nie te blame nie," sê Jakes vir e!Buks. Karel hoor die skurk kies sy woorde nou versigtig. "Die girls hier het nie 'n choice nie."

"Nie 'n keuse nie? Wat bedoel jy, Jakes?"

"Winston hou hulle op drugs. Hulle doen enige ding vir die wit poeier." Jakes kyk nou pleitend op na e!Buks, asof hy hoop die renoster sal verstaan.

"Watse wit poeier?"

"Tik. Mostly."

"En jy, Jakes? Jy sorg seker dat die meisies die tik kry?"

"Nee!" pleit die skurk. "Ek sweer. Ek's net die bouncer. Ek pas net die plek op. Bring die Bybel. Ek sal sweer. Under oath." Ter bevestiging, lig Jakes sy regterhand vir e!Buks.

"Ons weet almal jy lieg, Jakes," sê Trompie. "Almal weet jy's die een wat die poeier hier rondstrooi. Maar dis oukei. Ons weet nou wat ons moet weet.

Amper. Nog 'n vraag. Waar werk Maria? Watter deel van die stad?"

"Hier naby," sê Jakes. "Maria is Señor Droga se favorite. Hy't sy seun Winston beveel dat sy hier naby die club moet werk. Haar territory is die blok tussen hier en Langstraat. Net sý werk daar. Geen ander girl nie."

"Waar slaap sy? En die ander meisies wat vir Winston werk?"

"Hier's kamers hier bo. Op die tweede vloer," sê Jakes en wys met 'n dik voorvinger na bo. "Dis waar die meisies slaap. Dis ook waar hulle ..."

"Waar hulle wat?"

"Waar...waar hulle ... waar hulle die customers entertain."

"So, is Maria nou in haar kamer?"

"Nee, toe ek vanoggend hier kom, was sy weg. Gone. Het haar nog nie weer gesien nie. Honestly."

Trompie trommel op die toonbank met sy vingers, ingedagte. Asof hy alleen hier in Klub'Extatica is. Toe praat hy.

"Sê jou wat, Jakes. Jy gaan vir Señor Droga 'n boodskap gee, sommer daar in die hospitaal. En dit is dat hy Klub'Extatica weer aan die gang moet kry, blitsvinnig. Alles moet weer soos voorheen werk. Die klub, die disco, die straatmeisies, die dwelms, alles waarmee hy besig was. Oukei?"

Oukei, knik Jakes, vir e!Buks.

"En as Señor Droga nie saamspeel nie, is ons twee terug. Met die watermeid van gisteraand óók weer terug, en hierdie meneer hier." Trompie beduie met die hand na e!Buks. "Dan sal hy nie net staan en kyk soos nou nie. Hy sal ook besig raak. Saam met die watermeid."

Oukei, knik Jakes ewe plegtig vir e!Buks. Hy sal sorg dat Señor Droga die boodskap kry.

Daardie nag hou Karel se gedagtes hom wakker.

e!Marli kan enige oomblik weer toeslaan en Maria is steeds weg, skoonveld. En dit na hulle so warm op haar spoor was. Dis erg om te sien hoe dit aan Trompie vreet. Netsowel dat hy, Karel, nie 'n sussie het met wie so iets kan gebeur nie.

Hoekom sou Trompie wil hê Klub'Extatica moet voortgaan soos voorheen? Is dit om hulle kans te gee om Maria op te spoor? Natuurlik is dit die rede. Wat anders? Dis tog die enigste verbintenis wat hulle met die verlore meisie het.

Of is daar 'n ander rede ook? Ja, natuurlik is daar. Klub'Extatica is tog net 'n speek in 'n groter misdaad-wiel. En die wiel heet heel waarskynlik Kraken. Ja, natuurlik, Trompie wil die klub gebruik om Kraken te infiltreer.

Wat beteken dat Topo ook hier betrokke mag wees. Soos met al die e!Kang's se vorige ontsnappings? Is dit toevallig? Nee, kan nie wees nie. Dis asof die e!Kang's bewus is van Topo se doen en late en waar hy hom bevind.

Maar hoe? Lees hulle hom iewers raak op die internet? Op soekenjins? Ja, heel moontlik, hy moet net weer hul ouditspoor nagaan en kyk. Dalk sien hy

Topo se naam iewers. Hoekom dink hy nou eers daaraan?

Baie dinge gebeur nou blitsvinnig, en dit waarmee Siti vroeër vorendag gekom het, vat die koek. Met haar plan om e!Marli aan te keer. En om, terselfdertyd, Maria op te spoor. 'n Plan wat, toe Siti dit verduidelik het, sy asem weggeslaan het, Trompie s'n ook. Veral toe Siti ook sê sy's verheug oor Trompie se opdrag dat Klub'Extatica weer aan die gang moet kom. Want dit pas dan só perfek by háár plan in.

Vir 'n oomblik wou Karel nog by Siti pleit om van haar absurde plan af te sien, maar dit sou tydmors wees. As Siti eers 'n plan in daai donker kop van haar gekry het, sal niks dit daar uitkry nie. Nie eens 'n stootskraper nie.

Plop!

Die volgende oggend sit Siti in Klub'Extatica.

Om haar heen werskaf dit om die plek weer in orde te kry. Jakes en kie het kaptein Trompie se opdrag toe ernstig opgeneem en die plek gaan heel duidelik vanaand al weer aan die gang wees. Dis nou te sê as enige besoeker dit weer hier naby gaan waag. Nuus oor die watermeid se kaperjolle moes teen hierdie tyd al wyd en syd onder die Kaapse dwelmsmouse en hul kliënte versprei het.

Oorkant die tafel, sit die einste Jakes. Hy bekyk haar deur 'n skrefie-oog, ongeduldig maar ook lyk dit of die man nuuskierig kan wees. Die ander oog staan steeds dik toegeswel.

"Ek soek werk," begin Siti. Haar kakebene beweeg op en af soos sy kougom sit en kou.

"Watse werk?"

"Moenie jou dom hou nie, dude," sê Siti, ewe dapper, maar in haar binneste bewe sy soos 'n riet. Want sy sien nou hoe Jakes haar deur sy een skrefie-oog ontklee, sy dra juis bitter min. 'n Eina rooi toppie, 'n breë belt van silwer brokaat, wit rompie en hoëhakskoene wat pas by die kleur van die belt. 'n Uitrusting wat sy versigtig vir die onderhoud gekies het. Soos die dik oogskaduwee en vals wimpers wat aan haar ooglede rem. Om nie te praat van die ronde oorbelle wat teen haar kiewe vasslaan nie.

"Ons het nie vacancies nie."

"Stuff you, dude," hoor Siti haarself sê. "Julle hét 'n vacancy. Jy weet dit goed." Sy aksentueer haar sin met 'n borrel kougom wat klap. Plop!

"Die baas moet decide. Ek kan nie." Daarmee beskou Jakes die werksonderhoud as afgehandel en kom steun-steun orent.

"Sit op jou gat, dude," sê Siti. Sy kan nie glo dat sulke woorde uit háár mond kom nie. Uit verleentheid laat sy nog 'n borrel klap. Plop!

Jakes sak terug in sy stoel, skynbaar meer verbaas oor sy gehoorsaamheid as wat Siti is.

"Ek werk vanaand in Maria se plek. Oukei?" Plop!

Jakes staar verstom en dan, stadig, kom die begrip in die skrefie-oog. Hy kyk benoud om na die toonbank. Asof hy wil seker maak die graffiti-vrou van gister is nie terug nie. Om nie van die renoster te praat nie.

"En ek wil iets by jou koop," gaan Siti voort. "Vanaand."

"Wat?"

"Enige ding. Tik. Tjoef. Meth. Speed. Popeye. Strooi. Dit moet net 'n legit delivery wees." Plop!

"'n Legit delivery," sê Jakes asof hy 'n besluit bevestig wat reeds geneem is.

"'n Legit delivery," herhaal Siti. "Ek soek nie bakpoeier of enige ander fake poeier nie. En weet jy wat, Jakes, die man wat die poeier vir my gaan bring is Winston. Dis met hóm wat ek vanaand wil deal."

"Winston? Wie's Winston?" vra Jakes en loer agterdogtig deur die skrefie-oog.

Sonder 'n woord haal Siti Karel se Samsung uit haar silwer handsakkie, druk 'n paar toetse en hou dit uit na Jakes. Die man staar na die skermpie en skielik vertoon sy wange spierwit onder sy stoppelbaard.

"Wat sien jy, dude?"

"Ek sien...ek sien...ek sien die renoster. Van nou die oggend." Jakes wys met 'n bewende vinger na die kroegtoonbank, asof e!Buks enige oomblik weer daar kan verskyn.

"Jy sien reg, dude. Dis die renoster van nou die oggend. En weet jy wat, Jakes? Hierdie renoster het 'n maatjie. En dis daai watermeid wat nou die aand hier kom kuier het. Hier op die dansvloer." Siti wys met die duim oor haar skouer. "Ek hoor julle twee het toe so lekker gedans."

Jakes kom orent, asof hy op vlug wil slaan, maar dan sak hy weer terug in sy stoel, oë op die stukkende glasdeure van Klub'Extatica gerig.

111

"So, sal jy dan met Winston reël, Jakes? Persoonlik? Sonder om hom van my te vertel? Hy moet net die delivery doen en verder moet hy van niks weet nie. Niks."

"Hy moet van niks weet nie. Niks," herhaal Jakes vir e!Buks se beeld wat Siti nou weer op die skermpie voor hom hou.

"So, dan sien ek Winston vanaand. Met die poeier. Kom ons maak dit tik. R2,000 s'n. Tussen hier en Langstraat. Op Maria se beat. Oukei?"

Oukei, knik Jakes vir e!Buks op die skermpie

Siti staan op, laat die selfoon in haar silwer handsakkie glip en stap oor die dansvloer na die uitgang toe. Sy kyk in die stukkende spieëls van Klub'Extatica en skaars erken sy haarself. Toe, ewe wulps, swaai sy haar heupe en gee haarself 'n kompliment. "Nie sleg vir 'n meisie uit die Karoo nie, Siti."

Sy draai terug na Jakes wat haar eenoog agterna begluur, wange steeds wit geskrik. Toe, om te wys sy's niks kwaad nie, blaas sy 'n tamaai kougomborrel in die rigting van die skurk.

Plop!

Buite op die sypaadjie, bewe sy soos 'n riet. Van kop tot tone.

Señor Droga kreun van die pyn.

As die saalsuster net nie so hardegat met die morfien wil wees nie, besluit hy vir die soveelste keer. Die vrou met die genadelose mond en sagte oë. Wat nie eens 'n ou omkoopgeldjie wil aanvaar nie. Red nou 'n volk.

Juis toe dinge so goed soos nooit tevore begin gaan, besin Señor Droga, het die gety gedraai en nou gaan dinge so sleg soos nooit tevore nie. Daai verdomde graffiti-vrou wat hy nie eens met sy 9 mil kon stuit nie. En, dink soos hy wil, kan die señor geen verduideliking kry nie.

Nou hoor hy by Jakes die polisie wil hê Klub'Extatica moet aangaan asof niks gebeur het nie? Dink die dienaars dan hy's onder 'n kalkoen uitgebroei? Hulle weet natuurlik van Kraken en nou wil hulle hom gebruik om die sindikaat te infiltreer. Hy sal grootbaas Topo so gou moontlik moet waarsku. Nie dat dit sal help nie, want Topo gaan in elk geval woedend wees. Hoe gaan hy, Señor Droga, ooit kan verduidelik wat daar in Klub'Extatica gebeur het? Want sy klub is nou die sindikaat se swakste skakel. Ja, as die res van die Kraken hiervan hoor, is sy dae in die sindikaat getel.

Dan is daar ook die twintig meisies wat hy aan boord die Tinta Barocca moet kry, in opdrag van Topo self. Vir daardie besending vir Jemen bestem. Hoe gaan hy hier vanuit die hospitaal dinge gereël kry? Skeel van die pyn en dof in die kop van morfien?

Hierdie keer het hy juis twintig pragtige meisies gereed. Toegegee, almal het reeds myle op, maar steeds goed genoeg vir enige harem daar in Jemen. Of enige ander plek ter aarde. Leë houers ja, maar almal met goeie inruilwaarde.

Soos die kleine Maria, sy gunsteling. Op 17 erg verslaaf, maar pragtig mooi met die groot swart oë en sjokolade vel. Enige sheikh se droom. Maar daar's iets omtrent die meisie waarop hy nie sy vinger kan lê nie. Sy's nie jou gewone wegloopkind wat op straat beland het nie. Gegewe ook dat dit sý was wat die donderse graffiti-vrou daar by Klub'Extatica aangebring het.

Señor Droga kreun, draai op sy linkersy en vloek. Ten spyte van die pyn, is sy gedagtes steeds by Maria, want vir die eerste keer ooit, kyk hy na 'n meisie soos na 'n eie dogter. Met omgee en deernis. En dis hoekom hy haar uit Topo se greep wil hou.

Hy dink nou weer aan die dag toe die Mafioso so na Maria gestaar het. Daar in Klub'Extatica. Toe het hy geweet hier kom moeilikheid. En dat hy, Señor Droga, Maria weg moet kry, soos in vinnig. Enige plek sou beter vir haar wees as in Topo se hande.

Maar dis makliker gesê as gedoen. Veral met hom, Señor Droga, nou so onkapabel hier in die hospitaal. Dankie tog vir Winston, sy seun. Ja, Winston is die enigste een wat hy op hierdie stadium kan vertrou. Winston, sy seun oor wie hy in die begin soveel drome gedroom het. Net om later te sien hoe daai drome in nagmerries verander het, een na die ander.

Reeds daar in die tronk het hy homself beloof die dag as hy uitkom, gaan hy sorg dat sy seun 'n ander paadjie sou loop. 'n Laaitie van die Flats se agterstrate wat iets van sy lewe sou maak. Wat 'n geleerdheid sou kry om byvoorbeeld 'n prokureur te word. Met 'n donker pak, rooi das en wit hemp. Of dokter met 'n witjas en stetoskoop om die nek.

Maar toe erf die kind sy pa se gene en toe hy weer daar uit die tronk hoor, is Winston alreeds leier van sy eie bende, die Bad Brats, 'n straat-bende in Manenberg wat sterk bande met die Americans het. Die Americans, die mees gevreesde superbende op die Kaapse Vlakte, indien nie in die hele Kaap nie.

Hy was teleurgesteld en bitter, want dis die laaste wat hy seun toegewens het. Om die harde pad te stap wat sy pa gestap het. Maar hy moes dinge aanvaar en later sou hy op 'n ander manier trots op sy seun raak. Ten minste was sy kind nou iemand van aansien. 'n Selfgemaakte man. Iemand om mee rekening te hou, al was dit in die onderwêreld. En al was dit sonder 'n donker pak of 'n witjas met stetoskoop om die nek.

Ja, Winston is uitgeslape en dalk, net dalk, sal hy bereid wees om, saam met sy pa, tot die klein Maria se redding te kom.

Hy kom orent en in die donker kamer, tas-tas hy op die bedkassie vir sy selfoon. Sy seun is die enigste een op wie hy nou kan reken. Min of meer.

Winston droom

Winston wil eers nie die oproep neem nie, maar verander dan van plan. Wat soek die lastige outoppie tog nou weer vanaand? "Yes, Dad?"

Hy luister vir 'n ruk. "Maria? Nee, ek het nie 'n clue waar sy is nie." Weer luister hy en dan: "Ja, Dad, ek weet Topo soek haar lyf." Luister: "Oukei, relax Dad, ek sal iets uit figure. Ja, moenie stress nie." Luister. "Ja, ek sal uitkyk vir haar, vir Maria. Any case, ek wil nou eers hoor oor gisteraand? Wat het daar by die klub gebeur?"

Maar toe sit hy met 'n dooie foon in sy hand. Sy outoppie het afgelui, sommer net so. Hy hou die foon tussen beide hande en wonder hoekom hy vir sy pa gelieg het? Natuurlik weet hy presies waar Maria is.

Sy gedagtes skuif terug na gisteraand. Om te dink hy was so ampertjies deel van die gemors daar by Klub'Extatica. Want toe hy laatnag in sy wit BMW uit Langstraat opdraai na die klub toe, was dit net blou ligte en polisie-uniforms waar jy kyk. Twee ambulanse ook. Die sypaadjie gepak met gaste, wit geskrik, maar het ook vrek nuuskierig daar rondgehang. En die geklets oor die graffiti-vrou wat glo vir alles verantwoordelik was.

'n Vrou wat gesweef eerder as gestap het. Van die klub se binnemure af gebons en amok onder die gaste gemaak het. Party omstanders het van graffiti gepraat en ander weer van 'n tekening soos die's wat Boesmans teen rotse in grotte maak. Verbeel jou.

Winston het op 'n afstand die geroesemoes voor die klub bekyk en net toe hy homself uit die voete wou maak, het Maria van die sypaadjie af op hom toegesak en hom histeries omhels. "Vat my weg, vat my net weg!" het die meisie gesmeek en hom geen keuse gelaat nie.

Hy moes haar voor by die BMW inbondel en laat spat, so vinnig moontlik. Voordat teveel mense kon sien dat hy daar was. Nou lê die einste Maria haar roes en afslaap, hier in sy slaapkamer. Eers was hy moerig oor sy hier is, maar toe het sy gedagtes koers begin kry. Het die noodlot nie gisteraand in sy hand gespeel nie? Is hierdie nie die breek waarvoor hy so lank al wag nie?

Ja, papa Señor Droga se tyd as leier hier in die Kaap is verby, maar die ouman besef dit nie. Al manier sou wees om sy pa uit die pad te kry en grootbaas Topo te oortuig dat hy, Winston, gereedstaan om oor te neem. Hy is die man wat die skuiwe kan maak, veel beter as die wat sy pa of enige iemand anders kan maak.

Sy eerste skuif gaan wees met die pion wat hier in sy kamer lê en slaap, want dis algemene kennis dat Topo mal oor Maria is. Ongelukkig vir Maria, is dit mal op die verkeerde manier. Nou probeer sy pa nog om haar teen Topo te beskerm. Wat net wys hoe sag papa Señor Droga begin raak het. En 'n sagte bendebaas wat in die Kaapse onderwêreld oorleef, moet nog gebore kom.

Wat meer is, hierdie skuif met Maria gaan net sy, Winston, se eerste wees. Die volgende skuiwe gaan kom as hy saam met Topo by kinderhandel betrokke raak. Op groot skaal, want as dit dáárby kom, is sy kop propvol idees. Splinternuwe idees wat hy al oor die internet getoets het en verstom was oor hoe effektief dit werk. As dit kom by meisies oor die net aankeer, kan g'n siel hom iets leer nie.

Dis hierdie kennis wat sy paspoort na lidmaatskap van Kraken se toporde is. Van die mees gesogte misdaadsindikate op die planeet. Só kan hy wat Winston is, reeds op jeugdige ouderdom 'n tentakel van Kraken word.

Lank staar Winston voor hom uit, ingedagte, selfoon steeds tussen sy hande geklem. Tyd om daardie eerste skuif te maak en Topo die goeie nuus te gee. Hy moet net die man se foonnommer iewers in die hande kry. In sy verbeelding hoor hy hoe die gesprek gaan verloop:

"Topo, dis Winston hier."

"Winston wie?"

"Ek is Señor Droga se seun. Ek werk saam met my pa. Klub'Extatica."

"O ja, ek weet van jou. Wat wil jy hê en waar het jy my nommer gekry?"

"Ek sal explain, later, maar eers wil ek goeie nuus gee. Oor Maria. Die meisie wat by Klub'Extatica werk."

"Wat! Wat weet jy van Maria af?"

"Ek weet waar sy is. As jy belangstel, kan ek haar by jou kry. Sommer vanaand al."

Winston word uit sy droom geruk en hy wip soos hy skrik, want sy foon het inderdaad begin lui, sommer so met 'n gevibreer tussen sy twee hande uit. Hy kyk en sien 'n bekende naam op die skermpie.

"Yes, Jakes? Ek dog jy's deceased. Dood. Gehoor jy't met 'n sterk vrou by die klub gedans?"

"Nee, ek's oukei. Maar ek wil oor ..."

"Wag nou, Jakes. Explain eers. Watse graffiti-vrou praat almal van?"

"Ek sal later explain. Want ek bel nou oor 'n nuwe lyf. Een wat hier by die klub uitgeval het, vanoggend. Sy wil vir ons werk, sê sy. Jy moet haar sien."

"'n Nuwe lyf? Watse werk?"

"Drugs en straatwerk, sê sy. Al twee."

"Dis 'n fokken trap, Jakes. Hoe weet jy sy werk nie vir die cops nie?"

"Dis hoekom ek wil hê jy moet haar eers observe. In case."

"Observe? Hoe?"

"Sy soek R2,000 se lollie. Vanaand. Nou't ek so gedink. As jy vir ons die delivery doen, kan jy haar deurkyk."

"Since when doen ek jou deliveries vir jou, Jakes?"

"Ek sê mos, dis om haar te observe. Jy wil haar dalk gebruik. As jy haar gesien het, gáán jy haar wil gebruik."

"Ek het nie tyd vanaand nie."

"Daar's nie nog so 'n lyf in jou squad nie, Winston. Not even close. Nie in die hele Kaap nie. Jy kan die transaksie anyway low risk doen. Bring 'n pakkie mieliemeel, eerder as lollie. In case dit dan 'n trap is."

Stilte, toe: "Jy sê sy't 'n goeie lyf?"

"Jy't nog nie so iets gesien nie. Ek guarantee."

"Goed, hoe laat en waar?"

"Middernag. Tussen hier en Langstraat. Maria se beat."

"Oukei. Ek sal daaroor dink."

Winston wil die rooi foontjie druk om die gesprek te beëindig, maar hoor Jakes steeds praat.

"...gewonder oor Maria. Jou outoppie worry seriously oor haar. Iemand hier sê jy't haar gisteraand in jou Beemer gelaai. Hier, reg voor Klub'Extatica. En toe weggery?"

Toe druk Winston die gesprek met die rooi foontjie met mening dood.

Straatvrou-straatvrou

Siti se hart klop in haar keel.

Wat het haar besiel? Om straatvrou-straatvrou te speel? Hoer-hoer? Maar het sy 'n keuse gehad? Daar's bitter min ander maniere om watermeid e!Marli vas te trek. Om nie van die opspoor van Maria eens te praat nie.

Op en af stap sy op die sypaadjie tussen Klub'Extatica en Langstraat. In haar skamele gewaad, dieselfde klere as vanoggend. Gelukkig speel die weer saam en is die Kaap vanaand nie té koud nie. Dis immers Desembermaand, dankie tog.

Sy kyk vir die soveelste keer op Sammy, Karel se slimfoon. Nog tien minute en dis middernag. Tyd vir Winston om sy opwagting te maak. En vir die soveelste keer, voel sy in haar silwer handsakkie of die koevert met die R2 000 steeds daar is.

Nou bid sy dat haar plan sal werk. Twee vlieë met een klap. e!Marli moet verskyn en so ook Winston wat hulle dalk na Maria kan lei. Mits die twee natuurlik nie gelyktydig opdaag nie. Dít sal nou 'n gemors afgee. Maar sy's vol moed. Intuïsie sê al die hele aand sy word beloer, van een of ander muur af. Maar dit sal moeilik wees om 'n rotstekening hier tussen miljuisende flikkerende stadsligte uit te ken.

Toe, vir 'n oomblik, spring haar gedagtes terug na Kangoberg. Haar tuisdorp, daar in die Klein-Karoo. Waar sussie Marli nou seker rustig lê en slaap, onder die geskitter van ander ligte. Naamlik sterre. Soos wat dit net daar in die onmeetlike hemelruim van die Karoo kan skitter.

Hoe beny sy nie vir Marli nie. Wat, soos meeste van die ander !Kang's, salig onbewus is van die drama wat reg onder hul neuse begin het. Daar in die !Kanggrotto, die grot wat hul bende se skuiling was, uit hul laerskool dae. Die grot met die Boesmantekeninge wat uiteindelik op die e!Kang's uitgeloop het.

Sy loer straataf na waar Karel en Trompie haar in die Polo sit en dophou. Ja, daar staan die kar onder die straatlig, ewe onskuldig. 'n Reddingsboei, een wat nader sal jaag as dit nodig is. Hoe moes dit vir Maria gewees het om so te werk? Sonder so 'n lewensboei? Hoe voel dit vir enige meisie wat so aan die genade van die nag oorgelaat is? Hemel weet, sy wat Siti is, het veel om oor dankbaar te wees.

Sy dink aan die talle opmerkings wat sy die afgelope uur moes aanhoor. Stemme wat in die skemerte van die straat by haar verbybeweeg, vassteek en dan sê:

"Wow! Kyk net hierdie bene. Hoeveel vra jy, dolla? Wat? R800? Is jy van jou f....n trollie af?"

"Hi Poplap. Jy't pragtige boudjies, hoor. Waar slaap ons twee vanaand?"

"Flippit, kyk net hierdie een! Sy lyk wragtig nie na 'n hoer nie."

"Hyt'ou! Kom ons twie maak 'n hôtdôg. My worsie en djou rolletjie!"

"Hallo, engel. Ek's mal oor jou swart hare. Doen jy meisies ook? "

"Naand, dogter. Weet jy wat die Skrif van 'n hoereerder sê? Kom ons doen gou 'n gebed. Dan kom jy saam met pastoor. Genadige Vader ..."

Totdat sy later nie meer die huil kon keer nie. En met mag terug by Karel en Trompie in die Polo wou klim. Maar sy het deurgedruk en nou sien sy iemand oor die straat aangestap kom. Winston? Moet wees.

'n Kerkklok beier twaalf keer iewers uit die ingewande van die stad, Kaapstad. Dekadente wêreldstad. Geduldige, verdraagsame ou Moederstad.

Ja, dit kan net Winston wees. Parmantige houdinkie, swart leerbaadjie, blou jeans, wit skoene, donkerbril ten spyte van die flou straatlig. 'n Strook hare maak 'n sekel op sy kop en bokant sy slape is dit kaal geskeer. In die straatlig skyn dit skelpienk. Flamink se moses. Hy praat en sy stem is hees.

"Do you have the money, Fannie?"

"Fannie? Noem my weer Fannie, dude, en ek sit my knie tussen jou bene. Hard. Hoor jy my?"

Siti swyg geskok, haar hand oor haar mond geslaan. Sy het binne minute tot straatvlak gedaal. Maar haar bravade het die gewenste uitwerking en sonder verdere woorde, geskied die transaksie en die twee ruil vlugtig koeverte.

Winston tel vinnig die geld, maar sonder om die inhoud te bekyk, druk Siti die koevert net so in die silwer handsak. Tussendeur loer sy of die Polo nog wagstaan en bid dat e!Marli tog nie nou haar skuif moet maak nie.

"Check jy nie die delivery nie?" hoor sy Winston vra. Hy loer vinnig straatop, straataf.

Siti hou asem op. Haar prooi moet net nie nou hond se gedagte kry en laat spaander nie. Nee, hy moet rustig en niksvermoedend verkas sodat Trompie en Karel hom in die Polo kan volg. En hoop dat die klein skerminkel hulle uiteindelik na Maria toe gaan lei.

"Check? Die koevert? Nee, ek weet Klub'Extatica het 'n goeie reputation. Ek trust julle."

"Werk jy vir die cops? Is jy gewire?"

"Gewire? Please! Jy kan 'n body search doen as jy wil?" Sy lig haar arms langs haar sye en voel rilling na rilling langs haar ruggraat af. Sy's dood as hierdie klein dinges aan haar moet raak.

Toe kyk sy oor Winston se skouer en daar sien sy wat sy nie wou sien nie. Agter Winston, teen die baksteenmuur, kom die buitelyne van die watermeid in sig, asof in stadige aksie. Totdat die hele figuur skerp teen die muur geëts is.

Winston tree nader, gretig om die 'body search' op Siti te doen. Maar dan sien hy dinge is nie pluis nie en kyk stadig om, oor sy skouer. Die klein skurk spring om en vloek.

"Dis sy! Dis die graffiti-vrou!" Hy beduie woes met die hand na die gloeiende figuur, asof dit enigsins nodig is.

Die watermeid beweeg nou stadig en versigtig vanuit die baksteenmuur.

Siti wil gil, maar haar stembande staak. Sy gryp na haar handsakkie vir Karel se slimfoon maar laat dit val, kaplaks, op die sypaadjie.

Toe is e!Marli op Winston, kry hom aan sy leerbaadjie se kraag beet, trap vas en sweepslag haar slagoffer oor haar skouer, vas teen die baksteenmuur.

Die gangster tref die muur, soos in hard. Maar hy kom weer op sy knieë en staar op na die graffiti-ding wat oor hom troon. Toe val hy eenkant toe, uit soos 'n kers. Net die een voet met die wit skoen wat liggies skop, skop, skop.

Siti voel hoe sy op haar silwer hoë hakke na e!Marli toe spring, Sammy slaggereed voor haar uitgehou. Gelukkig kon sy die foon weer blitsvinnig van die sypaadjie af opraap.

Klik, flits die kamera, reg in die watermeid se gesig.

Oor en oor druk sy die knoppie. Klik, klik, klik. Aanhoudend, al is e!Marli reeds via tPort terug in Sammy ge-teleporteer.

Toe hoor Siti haarself gil en gil en gil.

Die Polo kom nader gejaag.

Sy's nou op haar knieë in die straat. Op die klipharde teer. Eenkant lê Winston, uit soos 'n kers.

Karel se arms is om haar gevou.

Op die agterste sitplek van die Polo beklou sy hom. Die man van haar hart.

Trompie gee vet en die Polo se wiele tol.

Alles breek stukkend in Siti se binneste.

Huil, huil, huil.

Asof dit nooit gaan eindig nie.

Topo

Topo bevind hom in sy luukse woonstel teen die hang van Tafelberg. Stuurs tuur hy oor 'n see van stadsligte op die voorgrond en die donker see van Tafelbaai op die agtergrond.

Vanaand sal geen uitsig hom beïndruk nie, want dinge is besig om skeef te loop. Lelik skeef. Alles het daar in die Laeveld begin. By Lodge Ikhanda-Ingwe. Met die renoster-man daar in die bos wat hom 'n gekraakte arm en wangbeen besorg het. 'n Gedierte wat nou, na die tyd, net nie vatplek in sy brein kan kry nie. Goeie ef, dink hy, hoeveel skote het hy deur daai lyf met sy Marlin gepomp? En steeds het die gedrog gekom, meedoënloos, en hom soos 'n lappop in die lug opgesmyt.

As Lodge Ikhanda-Ingwe maar al was, want net waar hy gaan, is 'n gedrog op die toneel, een meer grusaam as die vorige. Rotstekeninge wat vanuit gesteentes en mure verskyn en verwoesting saai.

Eers was dit die luiperd-vrou, daar by die einste Lodge Ikhanda-Ingwe. En 'n dag of twee later die renoster wat hóm persoonlik toegetakel het. Toe kom die storie van die Jollie J's van Jozi en die cheetahding daar in Johannesburg. Daarna smokkelaars Kees Ietmans en Barnabas Bok wat in die woestyn aangerand is, van alle goed deur 'n bakoorjakkals. Kersie op die koek was Sal Teador wat as visaas gebruik was, deur 'n slangagtige gedrog wat haaie buite Mosselbaai wou vang?

En nou die nuus oor Klub'Extatica. Oor 'n watermeid wat haar slagoffers soos opblaaspoppe oor die dansvloer rondsmyt.

Dit kan tog nie toeval wees nie? Nee, iets sinisters is aan die gang. Al sy projekte loop nou skeef. Asof 'n vloek oor hom uitgespreek is en demone op sy spoor beland het. Was hy bygelowig, sou hy so geglo het.

Maar bygelowig is hy nie en daarom gaan hy soek tot hy agter die kap van hierdie byl kom. Niemand, soos in niemand, mors met Topo nie. Hy het nie verniet 'n toppos in die SAPD beklee nie en selfs in Interpol was hy 'n groot geraas. Hy's wel later uitgeskop, maar nie voordat hy waardevolle kontakte in beide instansies opgebou het nie. In daardie tyd kon hy ook kennis opdoen oor hoe dinge in internasionale misdaad werk.

Topo grinnik. Daar word gereeld gepraat van polisiemanne wat korrup en skelm is, maar so iets bestaan nie. 'n Ware polisieman is nooit skelm nie. Nee, dit werk andersom. Dis skelms wat slim genoeg is om polisiemanne te word. En dis presies wat hý gedoen het. Dis juis daardie polisie-uniform wat gehelp het om te kom waar hy wou wees.

Topo.

Hy's mal oor die skuilnaam wat hy gekies het: Topo, die onskuldige karaktertjie uit strokiesprente uit die jaar toet. Wat deurentyd gegroei het, vanaf handlanger vir Aquaman tot volwaardige karakter met 'n eie missie. 'n Missie wat hy verder gaan voer, tot een van die misdaad wêreld se grootstes. Dis nou te sê as hy, die kop van Kraken, dit nie reeds is nie.

Ja, hy sal sorg dat die wêreld kennis van hom neem. Hy, 'n weggooikind uit die Sudan, wat as kind die gatkant van Afrika en die wêreld moes beleef. Wat as kleuter amper deur sy pa verkoop was om vir 'n maand of drie brood vir die familie op die tafel te kon hê. Daar in die Sudan. Was dit nie dat sy ma met hom gevlug het nie, wás hy verkoop. Soos 'n basterbrak vir wie daar nie meer plek was nie; nie eens aan die agterste speen nie.

En, dink Topo steeds filosofies, dis hoekom hy doen wat hy doen. Hy meet kragte met oppergesag, teen vaderfigure. Wat jou enige oomblik sal verkoop, sonder om twee keer te dink.

Maar dit gaan vêrder as rebelsheid, want misdaad het 'n eie bekoring. 'n Ding wat adrenalien deur jou are pomp soos niks anders nie. Daarom dat hy met so 'n wye verskeidenheid misdade besig is. Dwelms, stroop van renosters en seelewe, diamante, motorkapings en nou, kersie op die koek, mensehandel.

Hy stap oor na die drankkabinet. 'n Dop skoon brandewyn is wat hy nou nodig het. En, besluit hy vir die soveelste keer, hy moet tog eendag gaan sit en sy lewensverhaal neerskryf. Maar eers is daar belangriker dinge wat wag.

Glas in die hand, staan hy weer voor die venster en tuur. Ontelbaar baie stadsliggies flikker teen die berghang af met die grys van Tafelbaai steeds verder aan. Dan skuif sy blik na die skerp ligte van die hawe. Iewers daar wag die luukse jag Tinta Barocca, gereed om Jemen toe te vertrek. Sanaa toe, om presies te wees. Op wat sy, Topo, se laaste sending gaan wees.

Van nou af gaan hy die tentakels van Kraken uit die newels van die Kuberruim beheer. Dis nou as hy hierdie laaste sending op die Tinta Barocca voltooi het. 'n Laaste stukkie opwinding. Dis nou te sê as Señor Droga die 20 meisies aan boord gaan besorg. Wat nie 'n uitgemaakte saak is nie, want Señor Droga is duidelik besig om beheer oor sy terrein te verloor.

Goed en wel, daar's seker nie veel wat die man teen daai watermeid kon doen nie, maar dis taffies. In Kraken is daar nie iets soos verskonings nie. Hy draai terug na die drankkabinet, skink sy glas weer vol en sluk diep. Die warm walm stoot vertroostend in sy binneste op en na nog 'n teug, begin Topo van sy probleme vergeet. En nou's hy ook nie meer lus vir alleenwees nie. Opbeurende geselskap is wat hy nou nodig het. En hy weet presies in wie se geselskap hy nou wil wees.

Op sy selfoon skakel hy Klub'Extatica. Dis vroegaand en dinge daar behoort nog stil te wees. Die meisies skuif eers later straat toe. Iemand antwoord en Topo vra om met Jakes te praat.

Die uitsmyter kom aanlyn, verduidelik en skielik is Topo se goeie luim daarmee heen. Maria is weg? Die meisietjie met groot swart oë en sjokolade vel het spoorloos verdwyn! Topo sak in 'n leunstoel weg, skink sy brandewynglas weer oorvol en begin drink, nou met mening. In sy binneste gloei dit. Nee, dit smeul, soos 'n vuur. En met elke sluk, smeul dit dieper.

Hy haat dit om gedwarsboom te word en iemand gaan dit ontgeld. Hy moet nog net besluit wie. Toe weet hy wie. Señor Droga. Dis alles sy skuld. Die man is gedaan en oor die muur. Hy moet uit Kraken geskop word, so gou moontlik. Maar daar sal 'n opvolger vir Señor Droga aangewys moet word. Vinnig. En die vraag is wie?

Sy selfoon lui. Sonder om op die skermpie te kyk, druk hy op die groen foontjie, grom in die klein apparaat se mikrofoon en luister na 'n jong stem wat oor die gehoorstuk kraak.

"Topo, my naam is Winston. Kan ons twee bietjie praat?"

Lollie

Laatmiddag sit kaptein Trompie Bopape op die voorstoep van die gastehuis in Oranjezicht by Karel en Siti. Die suidooster woed steeds oor Tafelbaai, grys, soos die gevoel in sy binneste, oor sy suster wat steeds weg is. Om te dink dit was só amper of hulle het haar daar by Klub'Extatica opgespoor.

Trompie luister met 'n halwe oor na sy twee tiener metgeselle wat oor iets argumenteer. Die stomme Karel het sy hande vol met die mooie meisie, besluit Trompie onderlangs. Maar dis hoe dit met meisies werk, het hy al agtergekom. Hoe mooier hoe moeiliker.

"Hou op hanna-hanna, Siti," hoor hy Karel brom. "Jy gaan nie weer terug straat toe nie. Finish en klaar."

Siti hou vol dis al hoe hulle Maria gaan opspoor. Sy moet terug straat toe om oor teen die grond te gaan hou. Straatmeisies praat onder mekaar en een of ander tyd sal iemand iets oor Maria kwytraak.

"En as jy aangeval word? Op straat? Wat baie maklik kan gebeur?"

"Geen probleem nie. Ek vat e!Marli saam. In my nuwe Android. Geen siel sal waag en vat aan my nie."

Siti het 'n punt beet, moes Trompie toegee, maar Karel het ook een beet. 'n Beter een. 'n Tienermeisie, nogal een uit die Karoo, pas nie in die Kaapse onderwêreld nie. Wat meer is, hy kan nie langer van sy eintlike opdrag wegbly nie. Die kolonel raak by die dag kriewelriger. Waar is die verslag oor Lodge Ikhanda-Ingwe? kom die vraag nou elke dag. En wat hoor hy van Topo?

Al wat Trompie kan doen, is om so vaag as moontlik te bly. Maar een of ander tyd sal hy die sak patats moet uitskud en wat dan? Tensy hy handdoek ingooi en sê die saak is bo sy vuurmaakplek. Kry iemand anders om die ondersoek voort te sit. Maar wat van Maria dan? Hy's nou op haar spoor, warmer as ooit tevore.

En wat as dit uitlek waarmee Karel en Siti besig is? Sy twee nuwe maats vir wie hy al hoe meer begin omgee. Wat ook die enigstes is wat met Maria kan help. Met hul peloton e!Kang's bygetel, natuurlik. Sulke tye besluit Trompie hy's besig om te droom. Ja, hy is in een of ander fantasie vasgekeer waaruit hy nie kan wegkom nie.

Soos die vorige nag. So haastig was hy om met Siti en e!Marli in Sammy weg te kom, dat hy hul eintlike missie vergeet het. Hy moes net kalm gebly het en 'n minuut of so gewag het vir Winston om weer by te kom sodat hulle hom kon agtervolg. Dit was immers tog die plan. Maar nee, hy jaag daar weg asof hý die misdadiger is. En nou het die grote ou Moederstad die jong gangster weer ingesluk. Ja, hy, Trompie, het 'n gulde kans deur sy vingers laat glip.

"Vertel ons omtrent Maria, Kaptein," hoor hy Siti vra. Die twee tieners het nou hul gestry gestaak en kyk hom vraend aan. "Ons weet net sy's jou sussie, niks meer nie."

Maria? Wat kan hy vertel? Bitter min, want hy het nooit rêrig sy laatlam sussie geken nie.

"Ek was twaalf toe sy gebore is," begin Trompie. "En teen die tyd dat ons as boetie en sussie kon gesels, moes ek huis uit om my loopbaan as speurder te begin."

Hy onthou net hier en daar van die babadogtertjie in die huisie in Orlando, Soweto. Of London, soos die township waar hy gebore is, ook bekend staan. 'n Hanetree van die sokkerstadion wat Pirates se tuisveld is. Lank voor die groot kalbas vir 2010 se wêreld-sokker-reeks in Soweto verreis het.

Kleine Maria was almal se speelpop, maar tog het sy alleen grootgeword. So op die vloer van die Orlando huisie, tussen die ouer mense se voete deur.

Later as tiener het sy by 'n niggie in Hillbrow begin kuier en dis waar dinge begin skeefloop het. Eers was dit net naweekbesoeke, maar toe oortuig Maria hul weduweemoeder om haar by niggie Angie te laat intrek. In 'n woonstel meters en meters bo straatvlak. En in Hillbrow te laat skoolgaan waar daar baie maats en aksie was. Dag en nag. Veral snags, tussen die legio kuierplekke waar dit van lewe en opwinding gepols het.

So anders as die voorstedelike London, dertig kilometer weg, met vroue wat straataf kuier en gesels, kliphard, dat jy hulle wie weet waar kan hoor.

Manne wat in sjebiens sit en TV kyk as Pirates speel en uitbundig van vreugde voorarms kruis as hulle teen Chiefs of Swallows wen. Dan word lekker met Amakhosi ondersteuners met hul uitspattige geel brille gespot. En met Swallows se mense wat soos hoenders met pap vlerke draaie langs die veld hol as die Birds tog daarin slaag om 'n doel aan te teken.

Eers ná Maria se verdwyning, het die skuldgevoel Trompie getref, met mening. Hy moes dinge tog sien kom het. Maar nee, hy't homself in sy werk verloor, veral toe sy talent met rekenaars raakgesien is en hy so vinnig deur die range bevorder is. Hier sit hy nou, 'n kaptein, met 'n verslaafde sussie wat haarself met prostitusie aan die lewe moet hou.

Trompie se oë brand nou en hy voel Siti agter hom staan, hande op sy skouers. Hy sluk en vertel verder.

Hy het die verdwyning by sy kollegas aangemeld, maar in sy vryetyd self in Hillbrow begin rondsnuffel en baie dinge kon uitvind. Soos dat niggie Angie se ma, 'n enkelouer, heeldag moes werk en saans vroeg gaan slaap het. Ideale omstandighede vir tieners wat vlerke wou sprei om oor nuwe horisonne te vlieg. Wat die twee niggies toe wel gedoen het en so by discos en klubs begin uithang het.

Ook het Angie vertel van hul geklets oor die internet en dat Maria ene Winston op dié manier ontmoet het. Hy woon in die Kaap en vertel dat hy leier van die Bad Brats is, 'n bende wat bande met die gevreesde Americans het. Hulle is vreesloos, maak en breek soos hulle wil en gewild onder die meisies van die Kaapse Vlakte.

Winston kom kuier toe in Hillbrow en net daar het dinge finaal begin lol. Hy leer die twee meisies poeier snuif en een middag na skool is dit hulle drie en die lollies. Vanaf die balkon daar in Hillbrow bestyg hulle duisel wekkende hoogtes, euforie wat die twee niggies niks van geweet het nie.

Angie het betyds die gevaar besef, maar Maria nie. Die poeier het haar die selfvertroue gegee wat sy nodig gehad het. Buitendien het Winston haar ook van die wit-pyp geleer. Dagga en mandrax, om haar val vanaf die lollie se hoogtes terug aarde toe te versag. Mettertyd het die newe-effekte gekom. Sy het aggressief en angstig geraak, gewig verloor, hoofpyn gekry en al hoe minder begin slaap.

Uiteindelik het Angie se ma opgegee en Maria terug Orlando toe gestuur. Maar in stede het Winston met haar in sy wit BMW verby Soweto gery, al met die N1 langs tot in die Kaap, die eintlike plek waar tik floreer.

Hoe lyk die Winston siel? wou Trompie weet en Angie sê soos 'n verkleurmannetjie. Elke dag anders. Dis hoe hy uit die polisie se hande bly en ook uit die hande van ouers wie se dogters se lewens deur die einste verkleurmannetjie verwoes is.

So moes Trompie aanvaar dat sy suster vir die wolwe gegooi is. Alles sý skuld. Totdat hy nou die dag by Gertjan gehoor het dat Maria by Klub'Extatica gewaar is.

"Ons gaan haar kry," hoor hy Siti troos. "Ek weet dit net."

Karel maak plan

Vroegaand sit Karel alleen op die voorstoep van hul blyplek in Oranjezicht. Hy tuur, diep ingedagte, oor die grys van Tafelbaai.

Siti is bed toe en slaap soos 'n klip. Hy's bly daaroor, want die meisiekind stress, veral oor die ding met Maria. Trompie is na sy gastehuis toe of dalk stad in. Hy kry die speurder jammer. En weer is hy, Karel, bly dat hy nie 'n sussie het met wie sulke goed soos met Maria kan gebeur nie.

Eintlik is hul missie hier in die Kaap verby, besef Karel. Al die e!Kang's is agter slot en grendel en kaptein Bopape kan eintlik daardie gedeelte van sy ondersoek as afgehandel beskou. Want op geen manier sal hy, Karel, toelaat dat die e!Kang's weer ontsnap nie.

Om die waarheid te sê, hy oorweeg dit sterk om die goed tot niet te maak. Alles omtrent hulle – hul profiele, heuristiese geheues, die programme wat hy geskryf het om die goed mee te skep, en veral tPort, die program waarmee die karnallies ontsnap het. Waarvan Benner blerrie Buys nou 'n kopie het.

Om die Kaap te groet en terug huis toe te gaan, is egter nie 'n maklike besluit nie. Nie met Maria wat steeds soek is nie. Op geen manier gaan hy Trompie in die steek laat nie en nog minder sal Siti dit doen. Siti wat wraggies bereid is om weer met haar eina klere die Kaapse strate in te vaar, agter die einste Maria aan.

Siti. Wat 'n meisiekind! Sy bewondering vir haar groei by die dag, maar so ook die frustrasie dat hy met die kunsbeen nie beter met die soektog na Maria kan help nie. Siti en Trompie moet al die voetwerk doen en hy voel meestal net 'n vyfde wiel aan die wa. Nie dat daar van hom verwag word om meer doen nie. Nee, hy Karel, is die een wat homself kwalik neem, al is hy dalk, met die einste selfverwyt, onregverdig teenoor homself.

Maar eerder selfverwyt as selfbejammering, die ding waarmee hy soms gesukkel het. Ja, dáár is nou 'n ding wat jou bekruip en oorval, uit die bloute. Toegegee, na die padongeluk waarin hy sy ouers en sy been verloor het, was die lewe g'n piekniek nie. Was dit nie vir die mense in sy lewe nie, sou hy tou opgegooi het. Maar Ouma het hom moed ingepraat, al was die verlies met die ongeluk vir haar net so groot.

Behalwe Ouma, het Siti ook langs hom kom staan, vierkantig, en net nie toegelaat dat hy opgee nie. Ook weet hy sy niggie sal by hom staan, deur dik en dun. Was dit nie vir die einste Zelda nie, het bakoorjakkals e!Ansie seker die hele Richtersveld teen dié tyd al op hol gehad.

Baie het met hulle almal gebeur en baie gáán nog gebeur, daarvan is hy seker. Hy sal 'n groter bydrae moet lewer, houtbeen ten spyt. Maar hoe?

Dis toe dat sy selfoon lui. Dis Trompie en hy praat opgewonde. "Raai wat, Karel? Ek het 'n leidraad oor Maria."

"Fantasties! Kaptein, vertel!"

"Ek sit hier voor Klub'Extatica en het pas weer met Jakes gesels. Mense het die nag na die kabaal by

Klub'Extatica gesien hoe Maria by Winston in sy wit BMW wegry, iewers heen."

"Weet Jakes waar ons hom kan kry? Vir Winston?"

"Nee, maar hy weet wat die naam van die Bad Brats se lêplek is. Iewers in Manenberg. Glo in 'n verlate pakhuis bekend as die Brat's Ghetto's."

Later lê Karel op sy bed en rondrol, te opgewonde om te slaap. Is Jakes se inligting ooit korrek? Om uit te vind waar die Brat's Ghetto's is, behoort maklik te wees, maar om te dink Winston sit daar en wag om vasgetrek te word, sal 'n fout wees. Nog minder sal die dude sommer uitlap waar Maria haar bevind.

Lank staar hy teen die donker plafon en stadig begin 'n plan in sy gedagtes koers kry. Soos hy dink, besef hy dis 'n goeie plan, sommer baie goed. Hier's 'n kans om iets van sý kant af te doen, alleen, sonder om Siti en Trompie te betrek.

Hy staan op, baai sy gesig in koue water, aktiveer die lêer van e!Ansie die bakoorjakkals en daarna werk hy onverpoos, dwarsdeur die nag.

Die Bad Brats

"Werk jy vir die cops?" vra Winston vir Karel die volgende dag, oë skrefies getrek.

Karel bekyk die parmantige mannetjie met die pienk strook hare en tatoeëermerke net waar jy kyk. Of tjappies, soos hulle dit hier noem. Hy knip sy oë en staar na die jong bendeleier. Droom hy? Want hy kan nie glo hoe maklik hy hier by die Brat's Ghetto's kon uitkom nie.

Vanoggend vroeg het hy met die taxi uit Oranjezicht hier in Manenberg aangeland. Sommer by die tweede drinkplek waar hy navraag gedoen het, is hy na hierdie gebou langs die spoorlyn na Gugulethu beduie. Na die ou baksteengebou met die geroeste sinkdak wat seker dekades gelede as 'n skuur of waenhuis op 'n plaas gedien het, uit die dae voordat Manenberg 'n township geword het. Hier tussen Surrey, Hatton, New Fields, Hanover Park en Gugulethu. Met die bonkige silhouette van Tafelberg in die weste.

Almal hier weet van die Bad Brats, enige tyd net so bekend soos die Americans en die Hard Livings. En ewe genadeloos op oorlewing ingestel is, al beteken dit dat soveel onskuldige mense in vrees en bewing hier in Manenberg moet leef.

Vaderland Suid-Afrika is nie dieselfde plek vir al sy mense nie, het Karel teen die tyd geweet. Soos destyds daar in Johannesburg toe hy die nag op 'n karton-matras moes deurbring, in die geselskap van boemelaar Bill Gates, op die spoor van e!Benner, die cheetah-man. 'n Ervaring wat hy nooit sal vergeet nie, al voel dit nou 'n leeftyd terug.

Met die aankomslag het hy die Ghetto's versigtig genader, 'n slag om die gebou gestap en agter 'n buitetoilet van geroeste sink sy slimfoon uitgehaal en e!Ansie geaktiveer. e!Ansie wat hy laas nag 'n nuwe missie gegee het. Die bakoorjakkals jag nie nou meer diamantsmokkelaars nie. Nee, e!Ansie is van nou af sy, Karel, se persoonlike waghond. e!Ansie wat nou Ore heet.

"Ek vra, werk jy vir die cops?" hoor hy Winston weer vra. Die gangster se oë flits agterdogtig, eers na Karel en dan na Ore wat rustig by Karel se voete lê en dut.

"Lyk ek soos 'n cop?" vra Karel. "Ek sê mos, ek's hier om julle te join."

"Join? Hoekom? Jy's tog nie van hier nie. Obviously nie."

"Ek't gehoor van julle. Van die Bad Brats. Julle klink gevaarlik. Almal sê julle is manne met sterk bene."

Karel sien hoe Winston sy skouers effe terugtrek. A! Lyk of die vleitaal werk. En steeds is dit moeilik om te glo dat hierdie kêreltjie die leier van so 'n invloedryke bende kan wees. Asof hy gedagtes lees, praat Winston. "Hoe't jy geweet ek's die man wat die wa trek?"

"Almal weet jy's die baas van die Bad Brats. Almal weet ook jy's Señor Droga se seun."

"Om te join is complicated," waarsku Winston. "Jy sal moet wys jy't harde bene. Dat jy gevaarlik is. Even met 'n gun. Weet jy wat ek bedoel?"

Karel knik. Ja, hy weet wat Winston bedoel. Om te wys hulle is tot enige misdaad in staat, moet nuwe lede aan boosaardige vereistes voldoen. Aanranding, diefstal en selfs moord pleeg op lede van ander bendes. Selfs familielede en geliefdes van ander bendelede word geteiken.

"Manenberg is 'n jungle," hoor hy Winston voortgaan. "Hier is dit survival of the fittest."

Karel knik.

"Come to mention it, hoe weet ek jy's nie van 'n rival gang nie? Van die Hard Livings nie? Om op ons te kom spy."

"Jy kan mos sien ek is nie," sê Karel en kyk af na sy linker skoen met die dik sool; die skoen aan die voet wat hy nie meer het nie. Hy sien hoe Winston se oë syne volg.

"Is jy so gebore? Met die horrelpoot?"

"Nee, padongeluk."

Winston wag, maar Karel verduidelik nie verder nie. "Wat's dit met hierdie funny brak? Hoekom lyk hy soos 'n jakkals?"

"Dis my hond. Ore. My tjommie. Ore gaan oral waar ek gaan."

Hulle sit op plastiekstoele in 'n groot saal, hout vloer, vuilwit mure en 'n staandak sonder 'n plafon. Hoog bo hul koppe, skyn blink kolletjies deur gaatjies in die sink. Die plek het al beter dae geken, maar dis seker goed genoeg vir dit waarvoor die Bad Brats dit gebruik.

Die graffiti teen die mure word oorheers deur 'n tekening van 'n kaalkopman in blou jeans met 'n gespierde bolyf. 2Pac, staan onder die figuur geskryf. Karel onthou die naam wat hy die vorige aand op die internet raakgelees het. Van die Amerikaanse klets-kunstenaar wat deur bendes wêreldwyd bewonder en selfs verafgod word.

140

"Dis Tupac," sê Winston ingenome, skouers weer teruggetrek. "Tupac Shakur." Hy bekyk die beeld asof hy na homself kyk. "Tupac is 'n rapper. 'n Gangster soos ek."

Op daardie oomblik pols dit oor die klankstelsel en die einste 2Pak begin ritmies klets. "I wonder if Heaven's got a ghetto?" Winston klets luidkeels saam, woord vir woord. "Ja," lag hy, "die hemel het 'n ghetto. Dis hierso. Die Bad Brats Ghetto."

Toe is hulle omring deur ander lede van die Bad Brats wat Karel en sy hond nuuskierig begluur. Allerhande lywe: kortes, langes, vettes, maeres, elke denkbare formaat waarin die menseras geskape is.

'n Lummel met 'n wit onderhemp kom wydsbeen voor Karel staan. Sy jeans hang laag oor sy heupe en 'n maag boep oor sy gordel. 'n Pistool wat lyk na 'n 9 mil, is skeef in die gordel gedruk. Seker 'n hitman, besluit Karel.

Die Lummel se lyf is met tjappies van slange bedek, van kop tot tone. Kort slange, lang slange, dikkes, dunnes, gekrulde en reguit slange. Sy hare, soos die res van die Bad Brats s'n, is pienk. Moet seker die bende se kenteken wees.

"Wat's dit met hierie flea-bag?" vra Lummel en wys na Ore wat steeds kommerloos langs haar baas lê en slaap. "Ons soekie van baster brakke hierie." Hy klap vingers op die maat van 2Pac se musiek. "Hierie issie die SPCA nie."

Die ander manne kyk toe, kamtig hoogs verveeld, maar duidelik met afwagting. Die oomblik is hier, weet Karel. Hy word nou geweeg.

Is daar 'n ghetto in die hemel?

"Dis my hond," sê Karel vir Lummel. "Haar naam is Ore. En sy pla niemand nie. Sy gaan maar net waar ek gaan."

"En dis by daai exit uit," beduie Lummel met 'n kopknik in die rigting van die Ghetto se uitgang.

"Nee, nie nou al nie," sê Karel. "Ek het julle kom join."

Die kring skaterlag en Karel bekyk die oop monde wat hom omring, party met voortande, ander daarsonder.

I wonder if Heaven's got a ghetto, sing 2Pac.

Lummel knik weer in die rigting van die uitgang, nou dreigend. Die pienk sekel op sy kop wip parmantig. Die kring spotters lag nou nie meer nie en kyk toe, uitdrukkingloos. Hier kom 'n ding.

"Soek jy die hangpaal? " vra Lummel, ogies skrefies getrek. "Of die short blade?" Van nêrens flits 'n jagmes in sy linkerhand.

I wonder if Heaven's got a ghetto, sing 2Pac.

Lummel troon oor Karel wat steeds op die plastiekstoel langs Winston sit. Die bendebaas laat nou verdere onderhandelinge met die mank besoeker aan sy adjunk oor.

"Dis jou unlucky day, horrelpoot," sê Lummel. "Jy negotiate nou met die Bad Brats se hitman."

Hy punt met sy stewel na die slapende bakoor hond se ribbekas. Ore lig haar kop en staar met gloeiende oë op na die skoorsoeker.

Karel kom ook orent. "Moenie dit doen nie."

I wonder if Heaven's got a ghetto, sing 2Pac.

Lummel staar af na die vreemde dier. Die gloed in die oë het hom van stryk gebring, maar sy reputasie is nou op die spel. Hy het 'n konfrontasie begin wat hy moet voltooi.

"Los my hond. Sy't jou niks gedoen nie."

Lummel trek sy voet terug en hierdie keer skop hy met mening, maar sy stewel maak geen kontak nie en swaai dwarsdeur die hond se lyf. Die skopper verloor balans, steier vooroor en sak op sy regterknie af. Die bakoor hond gryns met wit tande en begluur haar prooi, nou oor 'n afstand van drie sentimeter.

'n Oorstelpte stilte heers nou in die Ghetto. Selfs 2Pac swyg.

Toe is dit nag.

Ore takel haar aanvaller. Lummel val agteroor, met 'n gedreun, met die hond se tande om sy gorrel gesluit.

Toe trap Ore met al vier pote vas, lig die kop en skud haar prooi heen-en-weer, heen-en-weer. Die skurk se arms en bene swaai soos 'n lappop s'n.

Die bendelede hol, soos een man, alle windrigtings in. Winston is die laaste om weg te kom, maar hy kom nie vêr nie.

Ore laat Lummel los, sit Winston agterna en na twee hale is sy op haar nuwe teiken se rug. Die bendebaas val, land op sy rug en hierdie keer is dit sý keel wat tussen Ore se tande beland.

Karel stap nader en kyk af in Winston se verskrikte oë. "Ek's hier vir Maria. Waar is sy?"

Winston praat, maar kry net 'n paar gesmoorde woorde langs Ore se slagtande verby. Uit die hoek van sy oog, sien Karel hoe Lummel handeviervoet na die uitgang toe kruip. Dieselfde uitgang waardeur hy Karel en sy hond 'n minuut of drie gelede wou boender.

"Ore, los," beveel Karel saggies. Die hond lig haar kop, beweeg weg en staan haar slagoffer en begluur, steeds met die gloeiende oë. Winston kreun orent, maar leun dadelik weer op sy een elmboog terug.

"Jy weet van nou die aand, Winston? Daar by Klub'Extatica? Hierdie hond is daai einste watermeid se maatjie."

Winston kyk rond, asof daar van iewers af hulp sal kom, maar die Ghetto is verlate. Lummel en sy makkers het hul baas aan sy eie lot oorgelaat.

"Ek's hier vir Maria. Waar is sy?"

"Oppie Tinta Barocca."

"Tinta Barocca? Waar's dit? Of wat is dit?"

"Dis 'n skip. 'n Luxury yacht. Hier in die hawe." Winston beduie met die kop by die deur uit.

"Wat doen Maria daar?"

"Sy's op die skip, saam met 'n klomp ander girls. Hulle wag dat die skip moet seil."

"Seil? Waarheen seil?"

Winston wil praat, maar swyg dan skielik. Asof hy besef hy's besig om sy mond verby te praat. Maar dan kyk hy na die bakoor hond en weer raak sy tong los. "Waarheen? Jemen toe."

Jemen? Gedagtes jaag deur Karel se kop. Jemen? Sheikh Ali se land van herkoms? Sheikh Ali wat amper saam met Topo onder renoster e!Buks deurgeloop het? Daar by Lodge Ikhanda-Ingwe?

"Topo. Is hy op daardie skip? Die Tinta Barocca?"

"Ja."

"En jy, Winston? Werk jy saam met Topo? Is dit jy wat Maria aan daai skurk uitgelewer het?"

Winston swyg. Ore knor. Winston knik met die kop. "Ja, ek werk saam met hom. Met Topo."

"Wanneer seil die skip?"

Winston trek skouers op. "As die vrag gelaai is. Seker oor 'n dag of drie."

"Gaan jy saam?"

Winston knik. "Ja, dis die plan."

Lank staar Karel af in Winston se verskrikte oë.

"Luister nou mooi, Winston, jy en jou tjommies gaan vir niemand van my besoek hier vertel nie. Soos vir niemand nie. Veral nie vir jou baas Topo nie. Verstaan jy?"

Winston knik. Ja, hy verstaan.

"Want as jy of een van jou tjommies uitpraat, gaan ek daarvan weet. Nee, al wat julle hoef te doen, is om aan te gaan asof vandag nooit gebeur het nie. Maak seker al jou tjommies kry die boodskap. En jy, Winston, gaan aan met jou lewe. Jy gaan Jemen toe. Verstaan jy?"

Winston knik. Ja, hy verstaan. Hy gaan Jemen toe, asof niks gebeur het nie.

"Anders gaan iets met jou gebeur. En raai wat is dit?"

Winston dink. "Jy gaan...jy gaan gevaarlik raak."

"Verkeerd. Nie ék nie. Hierdie hond is die een wat gevaarlik gaan raak. Verstaan jy?"

Ja, hy verstaan, knik Winston.

Toe is die gesprek verby. Karel hou sy selfoon voor Ore se gevreet en druk die kamera se knoppie. Hy hinkstap tot by die deur en draai terug na Winston toe. Die bendeleier lê steeds op sy rug, op sy elmboë gestut, oë pierings gerek. "Waar's sy dan nou?" vra hy met 'n skor stem.

"Waar's wie dan nou?"

"Die hond?"

"Watter hond?" vra Karel.

Toe, sonder om op 'n antwoord te wag, kies hy koers deur die uitgang van die Brat's Ghetto na buitetoe. En met die uitstap, hoor hy dat 2Pac op 'n manier weer oor die klankstelsel aan die gang gekom het.

I wonder if Heaven's got a ghetto? weergalm dit deur die verlate gebou.

Steeds op Maria se spoor

Señor Droga is moeg, soos in gatvol vir alles. Veral is hy moeg vir die lewe waaraan hy die laaste paar dae met so 'n dun draadjie hang. Hy wil rus en meteens voel dit vir hom reg om hier in die hospitaal te wees.

Dis die ideale plek om te groet, besluit Señor Droga en draai sy kop skuins teen die kussing. Hier weet hulle wat om met 'n dooie mens te doen. 'n Plek waar talle aanland sonder om dit lewend te verlaat.

Maar dan maak hy sy oë weer oop en staar teen die spierwit plafon. Nee, hy's nog nie reg om te gaan nie, want daar wag nog een ding om te doen. En dis om daai speurder te vertel wat hy weet. Wat baie is, want as jarelange lid van die bende Kraken, kom jy baie te wete. Sy krag is egter te min om alles uit te lap. Hy sal die kaptein net die nodigste kan vertel.

Soos dat hy weet dat Maria een van die meisies is wat op daai skip Tinta Barocca vir Jemen bestem is. Maria wat die dogter is wat hy nooit gehad het nie. En hy weet sy seun Winston het oor Maria gelieg. Die mannetjie wéét waar Maria is. Hy voel dit aan, soos 'n man wat in sy sterwensuur skielik heldersiende is. Ook dat Winston Maria gaan gebruik om Topo se guns te wen. En tien teen een saam op daardie vervloekte jag Jemen toe sal reis.

Sy seun is vol ambisie, dit weet Señor Droga, om nie van geslepe te praat nie. Hy weet dat daar binnekort 'n oop pos op Kraken sal wees. Een wat hy, Winston, 'n kans het om te vul. Om sy eie pa op te volg.

Wat hy ook weet, is dat die speurder, kaptein Bopape, nie onder 'n kalkoen uitgebroei is nie. Die speurder weet teen hierdie tyd seker ook van die Tinta Barocca se vaart Jemen toe. Ook dat Topo aan boord is. En dat die polisie die skip moontlik gaan volg om by die ander lede van Kraken uit te kom. Om die seekat eens en vir altyd heel bo aan die kop beet te kry.

Maar een wat nog minder onder 'n kalkoen uitgebroei is, is die einste Topo. Die Tinta Barocca gaan sonder die meisies in Aden aanland. Want soos tallose kere in die verlede, gaan daai einste Tinta Barocca onderskep word. Kamtig deur seerowers, naby Bosaaso op die kus van Puntland in Somalië. Seerowers onder bevel van die berugte skipper Samatar. Die einste Samatar wat al 'n leeftyd getrou in diens van Topo staan.

Dan gaan Topo, sonder die meisies, rustig met die Tinta Barocca verder vaar en sonder enige onwettige vrag in Aden vasmeer. En toesien hoe die hawepolisie die skip aldaar deursoek net om, met rooi gesigte, niks te kry nie. Soos talle kere in die verlede al gebeur het. Dan sal staatmaker Samatar, ook soos talle kere voorheen, die meisies met 'n ompad in Jemen besorg.

Ja, sluk Señor Droga, kaptein Bopape moet hiervan hoor, voor dit te laat is. Want sekerlik het die Tinta Barocca reeds anker gelig en teen die tyd trek die skip seker al 'n hele end noordwaarts op in die Mosambiekkanaal.

Om te dink hy het al hierdie goed vroeër vandag vir sy seun vertel. By hom gepleit om tot sy sinne te kom. Hom teen Topo gewaarsku, vir die soveelste keer. Dat die man so geslepe is dat hy enige tyd die bestuur van die hel by die duiwel self kan oorneem. Winston het egter nie geluister nie. Net daar by die venster staan en uitkyk, hande in die sakke met sy rug na sy siek pa gekeer. Toe afsydig gegroet en homself uit die voete gemaak.

Señor Droga draai skuins en probeer die suurstof-masker stywer oor sy mond druk. Maar sy greep is swak en die masker glip skeef oor sy wang met die grys stoppelbaard. Hygend probeer hy om hulp roep, maar sy stem is te swak. Toe verskyn 'n hand wat die masker ferm oor sy mond hou.

Señor Droga kyk op, in die oë van kaptein Trompie Bopape.

Trompie is woedend, sien Siti.

"Nee, Interpol sê nou ons mag nie naby daai donderse boot kom nie!" bulder die speurder. "Die ding moet seil, ongehinderd, sodat hulle agtervolg kan word. Om by die res van Kraken uit te kom."

Siti se hart gaan uit na die kaptein. Vir Interpol is dit verspot maklik om so 'n opdrag te gee, want geeneen van hulle het 'n suster aan boord van daardie jag nie. Maar hoe genadeloos dit ook al klink, die opdrag maak sin. Om Topo alleen vas te trek, is nutteloos. Die hele seekat moet bygekom word, veral by die kop. Deur net een tentakel af te knip, help niks. Die volgende een groei blitsvinnig weer in sy plek, het die man van Interpol gesê. Seekatte het daardie vermoë.

"So, Kaptein," hoor sy Karel vra, "kan ons glo wat daai Señor Droga in die hospitaal gesê het? Dat dit vooraf beplan is dat die Tinta Barocca kamma deur seerowers onderskep gaan word? En dat die meisies dan met 'n ander skip Jemen toe geneem gaan word? Een wat buite verdenking is. 'n Vistreiler of 'n vragskip dalk?"

"Topo is skelm genoeg om so iets uit te dink," sê Siti, namens Trompie. "Hy's nie verniet die man wat hy is nie."

"En die skipper wat die seerower gaan wees?" vra Karel. "Het ons 'n naam?"

"Samatar," antwoord Trompie. "Ek kon nie mooi hoor nie, want die señor se stem was swak. Maar ja, ek is seker hy't gesê Samatar. En sy skip se naam is die SS Fathia. Kamtig 'n vistreiler, maar deur en deur is dit 'n seerowerskip, indien nie 'n oorlogskip nie. Tot die tande toe vol wapentuig. Almal in Somalië weet dit, ook dat Samatar die grootmeneer onder die seerowers daar is."

"Wel," sê Karel, "ons sal dan moet wikkel om by hierdie Samatar uit te kom."

"Waarvan praat jy, Karel?" vra Siti. "Hoe gaan ons daar uitkom? In Somalië? Om buitendien wát daar te gaan doen? Om jouself aan hierdie Samatar voor te stel?"

Sy kyk skuins na Karel. Hy lyk moeg en sy ken hom teen hierdie tyd. Hy het duidelik nie die vorige nag veel geslaap nie. Wat beteken hy voer weer iets in die mou.

"Reg geraai, Siti, dis presies wat ek gaan doen. Samatar ontmoet. En iemand gaan saam, ook om Samatar te ontmoet."

"Wie gaan saam?" vra Siti en Trompie gelyk.

"Ene e!Marli."

"Hoekom e!Marli?" vra Trompie. "Wat voer jy in die mou?"

"Ek het laas nag gelê en dink. Hierdie Samatar is 'n groot speek in die Kraken wiel. Hy speel 'n sleutelrol in Kraken se kinderhandel, sonder twyfel. En dis presies e!Marli se terrein."

"Verduidelik wat in jou kop aangaan, seblief Karel?" beveel Siti.

"Ek het so gedink. Ons drie kom vinnig in Somalië. Om Samatar te ontmoet. Dis nou terwyl die Tinta Barocca langs die ooskus opvaar, ook op pad Somalië toe. En as Topo en Samatar mekaar ontmoet om die vrag meisies oor te plaas, is ons drie ook daar. Aan boord waar die aksie gaan wees. Eintlik ons vier, met e!Marli by."

"Ek verstaan nie," sê Siti. "Hoe kan ons by wees? Aan boord as hulle ontmoet?"

"Want teen die tyd dat die Tinta Barocca in Somalië aanland, gaan ons pelle met Samatar wees. e!Marli gaan die vriendskap vir ons reël. Samatar gaan ons dan saam nooi, aan boord sy skip. Vir die ontmoeting met Topo."

"Wat van Interpol?" vra Trompie. "Hulle is saam in hierdie ding. Ons sal onse planne met hulle moet deel."

"Natuurlik gaan ons," antwoord Siti. Sy het ook nou agter die kap van Karel se byl gekom. "Maar hulle hoef nie van e!Marli te weet nie. Ook nie dat Maria die rede is hoekom ons by hierdie hele ding betrokke is nie."

"Ek sien," sê Trompie, ingedagte. "Ja, dit maak sin. As ons Maria het, laat spaander ons. Interpol kan die Kraken storie alleen vêrder voer. Maar alles hang van een ding af. Hoe vinnig kan ons hierdie Samatar opspoor en hoe gaan ons keer dat Topo van ons planne te hore kom. Ek bedoel, Samatar kan Topo tog laat weet dat dinge nie pluis is nie. Dat hulle in 'n lokval gelei gaan word."

"Dit hang alles van e!Marli af," sê Karel. "Teen die tyd dat sy met Samatar klaar is, gaan hy uit haar hand eet. Hy en sy seerower bemanning. Onse Samatar gaan alles doen wat ons vra. Ook gaan hy nie 'n woord teenoor Topo rep nie, daarvoor sal watermeid sorg. En as alles goed gaan, soos wat dit die geval gaan wees, sal die Tinta Barocca verder vaar, Aden toe. Of waarheen ook al. Met Interpol warm op Topo en Kraken se spoor."

Vir 'n oomblik raak dit stil, elkeen met eie gedagtes doenig. Toe praat Trompie.

"Jy dink ook aan alles, Karel. Besef jy dit?"

"Wys jou net," kom Siti by. "Hy's nie net 'n mooi gesiggie nie." Sy soen Karel vinnig op die mond en lag as hy bloos. Hy praat vinnig om sy verleentheid weg te steek.

"Weet jy hoe ons vinnig in Somalië kan kom, Kaptein? Ons sal byvoorbeeld paspoorte en sulke goeters moet hê?'

"Behoort nie 'n probleem te wees nie. Interpol kan alles reël. Ek sal aan iets dink om vir hulle te sê. Oor hoekom julle twee ook betrokke moet wees."

"Weet ons of die Tinta Barocca al vertrek het?" vra Siti.

"Nee, hy's nog in Kaapstad, maar Topo kan enige oomblik laat waai. Wat beteken hulle kan oor bietjie meer as 'n week by Bosaaso wees. Ons sal moet vingertrek."

"Weet ons wie's almal aan boord?"

"Interpol sê behalwe die meisies, is dit Topo en 'n stuk of twaalf bemanningslede. Een van hulle pas glo die beskrywing van onse Winston. Die mannetjie sal natuurlik sy bes doen om in Topo se goeie boekies te kom. Noudat sy pa uit die pad is."

"Mag wees," lag Karel, "maar moenie teveel oor Winston komkommer nie. Hy sal nie sommer van Ore, oftewel bakoor e!Ansie, vergeet nie."

"So," sê Siti, "in sy laaste ure het Señor Droga se goeie kant uitgekom. Om so uit die binnekringe van Kraken te praat. Alles vir Maria se onthalwe."

Die SS Fathia

Samatar, kaptein van die skip, skel op die stuurman van die SS Fathia. Somali, sy moedertaal, rol oor sy lippe.

Die drommel het die boot al 'n paar keer amper laat omslaan. Op 'n dek wat skommel en rol, strompel die skipper vorentoe, stamp die stuurman uit sy pad en gryp die stuur stewig vas. Die verskrikte man struikel oor die hoop wapens wat eenkant op die brug lê.

"Bobbejaan! Is dit die eerste keer dat jy op 'n boot kom? Mens gaan só teen die golf in! Reguit! Nie skuins met 'n hoek nie. Wil jy ons almal versuip?!"

Die twee kragtige Mercury-enjins van die SS Fathia grom en Samatar draai die boeg reg teen die groen wal water in. Die golf is op hulle. Die boot klim teen die helling uit en val met 'n duisel wekkende hoek aan die anderkant in die trog af. Die agterstewe lig vir 'n oomblik bokant die watervlak en die skroewe skep lug. Die rewolusies van die enjins skiet oorverdowend na bo.

Hulle sal moet terug landwaarts, besluit Samatar met frustrasie. Die Golf van Aden is vandag befoeterd en kontak met enige teiken gaan onmoontlik wees. Hy swaai die boot kuswaarts en oor die interkom blaf hy 'n bevel na die enjinkamer benede. Volstoom vorentoe! Die boot ploeg landwaarts, na die kuslyn van Somalië wat dynserig in die vêrte lê.

Die bemanning trap versigtig om Samatar. Die skipper is vandag net so omgekrap soos die see hier onder hulle. Dankbaar sien hulle die kuslyn naderkom en almal sug verlig. Hoe gouer hulle onder die skipper se tong uitkom, hoe beter. Maar Samatar se lus vir skel is nog lank nie geblus nie. Hy bekyk die hoop wapens waaroor die stuurman pas geval het. Masjiengewere en missiellanseerders – standaard wapentuig op enige seerowerskip.

"En kry hierdie goed uit die pad uit!" gil hy. "Is ek vanoggend al een met verstand op hierdie verdomde boot!?"

Die manne skarrel om die wapens weggebêre te kry. Dis alom bekend dat van al die seerower-skippers hier in die Golf van Aden, Samatar se humeur verreweg die kortste is. Met broeiende oë kyk die skipper sy manne deur, een vir een. Sy oog val op die jong seun Guleed wat senuagtig aan die reëlings van die stuurkajuit vasklou. Dis die mannetjie se eerste sending as seerower – 'n ideale teiken vir die skipper se wrewel.

"Jy!" gil Samatar, "kom hier!"

Guleed strompel nader, asvaal geskrik, al klouende aan die naaste vashouplek. Net buite trefafstand van die leier se rughandhou, neem hy stelling in, AK47 oor die skouer gehaak. Hy probeer op aandag kom, maar hier op die skommelende dek is dit moeilike taak.

"Ek het jou naam vergeet."

"Dis Guleed, Kaptein."

"Hoe oud is jy?"

"Agtien, Kaptein."

"Nou, Guleed, vertel my, hoekom is jy hier? Ek bedoel, hoekom wou jy … seerower word?"

"Wel, ek het gedink dis beter as … beter as … om visterman te wees, Kaptein."

"Wat is beter? Die werksure? Die werksomstandighede? Die rustigheid van die werk? Wat is beter? Moenie so vaag wees nie."

"Wel, Kaptein vra my nou vinnig."

"Nou goed, dan vra ek jou nou stadig. Hoekom wou jy seerower word?"

Guleed kyk benoud na die ander manne, maar almal kyk anderpad, dankbaar dat hulle nie direk betrokke is nie.

"Dis die geld, Kaptein. Dis baie beter as om visterman te wees."

Samatar blaf weer in die interkom en die SS Fathia verminder spoed. Hy haal diep asem en kyk oor die stuk see na die deinserige kuslyn. Dis Puntland wat daar lê, op die Horing van Afrika. Dit werk altyd kalmerend in op sy gemoed as hy die strand van sy vaderland na 'n tog uit op see so sien naderkom.

"Die geld, sê jy, Guleed, die geld."

Samatar se wrewel het nou saam met die spoed van die boot afgeneem en kalm begin hy met die jongeling gesels. Hy besef die ander aan boord weet wat nou kom, maar hulle kan gerus maar weer luister.

Want sy woord dra gewig hier in die Golf van Aden. Behalwe die SS Fathia, is ses van sy ander bote ook hier doenig, almal deeglik bewapen en beman. Wat beteken dat hy welaf is en lankal soos 'n koning kon geleef het. En in 'n kantoor met lugreëling êrens in Mogadishu kon sit waar hy sy geld kon tel terwyl sy bemanning al die vuil werk vir hom doen.

Hy hoort eintlik nie meer hier op see nie, maar dis waar die aksie is en dis waar hy wíl wees. So bly sy vinger op die pols van dinge in die Golf en so bly hy 'n man om mee rekening te hou.

"Dis goed om so eerlik te wees, seun. En ja, die geld is belangrik, maar daar is iets anders wat jy moet weet. Iets veel belangriker as geld."

"Ja, Kaptein?" Die seun lyk verlig. Die skipper se bui raak nou vinnig beter.

"Jy sien, hulle noem ons seerowers, maar dis verkeerd. Ons is eintlik vryheidsvegters. Soldate wat in landsbelang veg." Hy talm vir 'n wyle, om gewig aan sy woorde te gee. "Ons veg vir die vryheid van Somalië. En ons beskerm dit wat aan ons vaderland behoort.

"Vir geslagte lank al word ons kuslyn geplunder deur lande van die sogenaamde eerste wêreld. Het jy dit geweet, hu...hu...wat is jou naam nou weer?

"Guleed, Kaptein. En ja, ek het al so-iets gehoor, Kaptein."

"Dan het jy reg gehoor, Guleed. Hulle het tot onlangs toe ons kuslyn as 'n vullishoop gebruik. Hierdie beskaafde lande. Uitskot en afval wat hulle in hul eie lande nie wil hê nie, word jare lank al hier in onse see gestort.

"Maar weet jy wat, Guleed? Hulle doen dit nie meer nie." Weer talm die skipper vir effek. "En hoekom dink jy doen hulle dit nie meer nie?"

157

"Seker omdat dit onwettig is, Kaptein?" Die seun antwoord versigtig, liewer met 'n teenvraag as met 'n stelling.

"Dit was nog altyd onwettig, Guleed. Nee, dis nie hoekom nie. Die rede is dat hulle nou skielik bang is, die spul papbroeke. En weet jy vir wie hulle bang is?"

"Vir ons, Kaptein?" Die seun begin nou die kloutjie by die oor kry.

"Jy's reg Guleed. Hulle is bang vir ons, die sogenaamde seerowers. Maar dis nie net hierdie besoedelaars wat sulke banggatte is nie. Nee, daar is ook die spul wat ons vis kom steel. Vir jare al word tonne seelewe hier uit ons gebiedswaters gesteel, en nou skielik nie meer nie. Ja, dié spul plunder nou die viswaters van ander lande. Papbroeke!"

"Ek verstaan nou, Kaptein," hoor hy die jonge Guleed sê. "Ek is 'n soldaat, nie 'n seerower soos Ma gedink het nie. Net vanaand gaan ek haar vertel."

"Ja, gaan vertel jou ma en almal wat jy teëkom, want ons doen almal hier in die land 'n guns. Ons bring geld die land in wat ons op see buit, stimuleer onse ekonomie soos nooit tevore nie. Dis hoekom Somalië besig is om kop op te tel. Ja, die geld wat kamtig geroof word, beland uiteindelik in die sakke van onse mense. Waar dit hoort."

Nou swyg Samatar en staar ingedagte voor hom uit. Met die SS Fathia wat steeds deur die grys waters van die Golf van Aden nader aan die land ploeg. In die skemerte begin hy nou die gesigslyn van die hawestad Bosaaso uitmaak.

Guleed staan versigtig eenkant toe, onseker of sy gesprek met die kaptein afgehandel is. Dan praat Samatar en die seun spring weer nader.

"En nou weet jy seker wat die naam van onse boot beteken, Guleed."

"Die naam, Kaptein? SS Fathia? Nee, ongelukkig nie, Kaptein?"

"Fathia beteken – sy wat 'n fortuin ontsluit."

"Ek sien, Kaptein. En die SS? Waarvoor staan dit, Kaptein?"

"Somaliese Skip."

"O, ek sien, Kaptein."

Soos altyd as die gesprek by hierdie punt kom, voel Samatar die patriotisme warm deur sy are bruis. Hy staan skouers na agter getrek, soos dié van 'n admiraal in bevel van 'n oorlogskip – 'n vliegdekskip.

Uit die hoek van sy oog sien hy hoe die seun Guleed ook op aandag kom, langs sy kaptein, met die dek wat onvas onder hulle voete skommel en rol, skommel en rol.

Later die aand is die SS Fathia in die hawe van Bosaaso vasgemeer. Op die plek wat al jare lank deur die hawemeester vir Samatar gereserveer is.

Die skipper en sy bemanning slaap aan boord, want nuus oor 'n teiken wat om Puntland vaar, kom gewoonlik vinnig en onverwags. Dan is dit blitsvinnig meertoue lig, die skip se horing blaas en die golf in laat spaander. En laat spaander is iets wat die SS Fathia deeglik kan doen. Hierdie slagskip wat op die oog af na 'n vistreiler lyk, een wat al beter dae geken het. Van buite is die wapentuig deeglik verbloem en so ook die moderne navigasie-toerusting.

Om nie te praat van die enjins nie. Gewoonlik prut-prut die SS Fathia met 'n miserabele enkele 50 kw enjintjie uit die hawe op kamtig nog 'n onskuldige visvang ekspedisie. Maar op die oop see agter 'n teiken aan, is dit 'n ander storie. Dan brul twee 220 kw Mercury enjins in aksie sodat dit lyk asof die skip uit vrye wil op sy agterstewe staan.

Pas na sononder daardie aand, wend Samatar homself na sy kajuit, hopende dat daar 'n goeie nagrus wag. Maar dan lui sy selfoon en selfs voor hy die naam op die skermpie sien, weer hy wie dit is wat skakel. Hy groet beleefd en met 'n swaar gevoel in sy binneste, wag hy vir Topo se opdrag. Ja, hy sal sorg dat hy daar is om die besending oor te neem, op die gewone plek, een seemyl buite die hawe van Bosaaso, direk oos, 10 dae van nou af.

Soos gewoonlik sal hy dan die besending self na Aden toe neem. Of na 'n ander bestemming, sou Topo so besluit.

Somalië

"Hoe lyk ek vir julle?" vra Siti.

Sy draai soos 'n wafferse model in die rondte en maak 'n kniebuiging voor Karel en Trompie. "Ek is mal oor hierdie rok. Dis 'n jalabeeb. En hierdie kopdoek is 'n hijab. Lyk ek soos 'n Somaliese vrou?"

Hulle is aan boord die SS Shimbir Badeed, oftewel die SS Seemeeu, 'n onopvallende vistreiler wat deur Interpol as 'n spioenasie skip hier in Bosaaso gebruik word. Die treiler, wat ook die drie van hulle se tydelike herberg is, lê voor anker in 'n klein baai wes van die hawestad.

Siti swaai weer haar heupe op die bodek van die skip, hoog tevrede met haar voorkoms. "Hulle het die mooiste vroueklere hier. En ek wens julle twee wil ook lokaal aantrek. Die mans se klere is net so mooi. Kyk hierdie brosjure.

"Hierdie sarong is 'n ma'awis en die lang hemp is 'n kameez. En kyk hierdie pragtige geborduurde pet. Dis 'n koofiyad. Toe julle twee, kom ons kry vir julle sulke klere. Moenie so verstok wees nie."

Die twee mans lag. "Êrens moet daar 'n misverstand wees, Siti," terg Trompie. "Ons is hier om jag op Samatar en sy bende te maak. Niemand het iets van 'n modeparade gesê nie."

Die drie lag, raak dan stil en kyk uit oor die blou Golf van Aden. Die rustige see lyk kwalik na sekerlik die berugste seerower terrein op aarde. En, besluit Siti, sy kan dieselfde van Bosaaso sê. 'n Kleurryke stad vol vriendelike mense, alles behalwe die plek wat Puntland sy reputasie as 'n plek van onheil gee.

Sy onthou hul aankoms in Bosaaso, twee dae gelede.

Op pad van die lughawe af het die stad haar aan 'n miernes laat dink, 'n mallemeule van kontraste: deftige lede van die adelstand langs verslonsde bedelaars, soldate in uniforms langs monnike in bruin monderings, vroue in kleurvolle tradisionele drag langs nonne in swart, fikses langs gebreklikes,

161

jongelinge langs oues van dae, luukse motors langs berede donkies en kamele, paleisagtige wonings langs krotte van blik en karton. 'n Stad van vergange tye en 'n stad van vandag en môre.

Sy het agter langs Karel in die motor gesit en met 'n halwe oor geluister na die gesprek tussen Trompie en Annisa, 'n lid van die Puntland Maritieme Polisiemag, oftewel die PMPF.

Die seerowers leef rojaal, het Annisa vertel. Bosaaso, soos meeste ander hawestede in Somalië, behoort nou aan hulle. Jong manne ry oornag luukse motors en besit besighede in die stad. Huise wat meer na paleise lyk skiet oral tussen gewone pondokke op en jong meisies kom van vêr uit die platteland met die hoop om 'n seerower as wederhelf aan te keer.

Die ekonomie floreer, want skaars word 'n skip vasgetrek, of die rowers eis reuse bedrae by die skeepseienaars as losprys. Kort daarna begin hulle geld rondgooi, roekeloos. Alles en nog wat word op grootmaat gekoop: skape, bokke, kamele, graan, melk, sigarette, klere en juwele. Die stad se besighede kry die voordeel en ook talle dorpies in die omgewing waar hierdie ware te koop is.

En die ergste van alles, het Annisa voorts verduidelik, is dat bitter min teen hierdie rowers gedoen kan word. Jy stap nie hier na 'n man en vra waar hy die geld kry vir daardie Gucci pak klere, vir daardie Black Caviar polshorlosie of vir daardie Mazda MX-5 nie. Nee, almal weet waar die geld vandaan kom.

En as jy wel die rowers ter see vastrek, wat maak jy met hulle? Wyk jy van jou roete af om hulle êrens aan wal te plaas? En aan te kla? En te sit en wag dat die saak moet voorkom? Vertragings ter see kos geld en so kom die seerowers met moord weg.

In Bosaaso aangekom, het Annisa Siti op en af bekyk. "Ons sal jou anders moet aantrek, meisie. Almal hier gaan hulle verkyk aan jou. Veral met daardie borselkop."

Siti het dadelik van Annisa gehou, 'n aantreklike Somaliese vrou met 'n vreemde Afrikaanse aksent. Ja, het Annisa verduidelik, sy was vir 'n jaar lank uitruilstudent by 'n polisiekollege in Suid-Afrika en het so baie van die land gehou dat sy toe vir nog twee jaar aangebly het. Dis toe dat sy die taal aangeleer het en steeds gereeld praat, via WhatsApp met haar vriende in die RSA. Buitendien, met heelwat ander Suid-Afrikaners in die PMPF, is Afrikaans in haar werkplek geen vreemde taal nie.

Die twee is toe by 'n winkel in om vir Siti klere en 'n hooftooisel te kry. Met die aanpas, het hulle vinnig gesels en Siti wou weet of Annisa saam met hulle hier in Bosaaso gaan werk? Sy weet nog nie, was die antwoord. Interpol is swygsaam oor die projek en hoekom dit so is, weet sy nie? Sy, Annisa, weet net dit het iets met die berugte Samatar te doen. En ja, Interpol asook die PMPF sal heeltyd op 'n gereedheidsgrondslag wees.

Siti het oor die einste PMPF uitgevra, maar die mooie jong vrou het die vrae laggend en ewe bedrewe ontwyk. Eers later sou Siti hoor dat die PMPF, hoewel gedug as taakmag, 'n verlore stryd teen seerowers voer. Want Somalië weet eintlik nie watter kant toe met die seerowers nie. Wat gemaak met 'n spul kriminele wat terselfdertyd die land se ekonomie so laat bloei?

Ook sou Siti weereens hoor dat baie lede van die PMPF Suid-Afrikaners is. Huursoldate wat die ruggraat van die taakmag is. Dit het haar op 'n vreemde manier gerusgestel. Sou hul missie met die Tinta Barocca misluk, sal daar landgenote met tjoppers en masjiengewere wees wat hopelik na haar, Karel en Trompie omsien.

Nou woon die drie van hulle tydelik hier op die water woning genaamd SS Shimbir Badeed. Om gewoond aan die Golf van Aden te raak, vaar die klein bemanning bedags met hulle buite die hawe rond. Snags oornag hulle op die treiler binne-in die hawe, direk langs die berugte SS Fathia.

'n Keer of twee het Siti selfs die ewe berugte Samatar op die bodek gesien, kompleet met die swart en goud koofiyad op die kop. Die hooftooisel is die seerowerkaptein se kenteken, het Annisa op 'n keer gefluister.

Wat sy ook weer gesien het, is e!Marli wat Karel in sy slimfoon saamgebring het. Karel het haar reeds die eerste nag in die hawe teen skeepsrompe en geboue laat verskyn. "Om," het Karel onnodig verduidelik, "die nodige gerugte aan die gang te kry."

Dit was laatnag en of e!Marli wel deur iemand opgemerk is, weet hulle nie. Hoe ook al, het Trompie gelag, as dinge volgens plan verloop, sal e!Marli veel meer as net 'n gerug hier in die hawe word. Dinge was inderdaad besig om volgens plan te verloop met Interpol wat bevestig dat die Tinta Barocca steeds op skedule deur die Mosambiekkanaal noordwaarts ploeg. Na verwagting sou dit binne drie dae buite Bosaaso anker gooi. Vir die ontmoeting met Samatar. En met hulle.

"Hoe weet Interpol waar die skip is?" wou Siti by Trompie weet.

"Maklik. Hulle het Topo se selfoonnommer en elke keer as hy dit gebruik, word die skip se GPS via satelliet aangestip. In vandag se elektroniese wêreld, is wegkruipplek skaars."

"Wat is die aksieplan?" wou sy ook weet. "Hoe gaan ons aan boord die SS Fathia kom?"

"Ook maklik," het Karel bygekom. "Ons gaan e!Marli eerste aan boord stuur. Om bietjie kennis met Samatar en sy manne te maak. Dan gaan sy ons ook aan boord nooi."

"En as als goed verloop word Maria-hulle oorgeplaas na die SS Fathia, wat gebeur dan?"

"Dan bring ons die meisies veilig aan wal en Topo vaar verder met die Tinta Barocca, onbewus van wat agter sy rug gebeur. En by Aden wag Interpol hom in, hopende dat hy hulle na die res van Kraken sal lei."

"En as Topo nie Aden toe vaar nie? Hy kan mos na 'n ander hawe toe vaar om moontlike agtervolgers te ontglip?"

"Kan wees, maar elke keer as hy sy selfoon gebruik, sal Interpol weet waar hy hom bevind."

Seemans gerugte?

Dis hulle sesde aand in Bosaaso.

Nuus van Interpol is dat die Tinta Barocca vinniger vaar as verwag en die ontmoeting met Samatar kan nou binne die volgende twee dae plaasvind.

Siti en Karel sit op die dek van die SS Shimbir Badeed en gesels. Dis 'n windstil aand en langs hulle skuur die bonkige romp van die SS Fathia liggies teen die kaai. Dis donker op die skip met net een lig wat flouerig iewers deur 'n patryspoort skyn. Wat se duistere planne word daar op hierdie oomblik op daardie vaartuig gesmee? wonder Karel.

So, oor 'n dag of twee is dit weer aksie wat skrik vir niks. En die gevaar wat daarmee saamgaan. Om te dink Siti is weereens deel van die hele besigheid. Hy beskou haar onderlangs en toe sy begin praat, besef hy sy het al weer sy gedagtes gelees.

"Eintlik wou jy my nie hier in Somalië gehad het nie, Karel. Is ek reg?"

Hy antwoord nie, want sy ís reg. Natuurlik wou hy haar nie weer 'n keer aan allerhande gevare blootgestel hê nie. Verbeel jou, die meisie wat al die koppe hier in Somalië so laat draai, selfs met die Somaliese klere wat sy dra.

Na die stel wat hy laas afgetrap het, was daar geen manier wat hy haar uit die ding kon praat nie. Om die waarheid te sê, hy het nie eens probeer nie. Met hierdie meisie maak jy net eenkeer so 'n fout.

Veral omdat sy ook met 'n ander ding vorendag gekom het. En nou vra hy haar daaroor uit.

"Jy sê jou plek is bepreek, Siti? Op die vlug van Mogadishu na Sanaa toe?"

"Ja, tien dae van nou af. Of vroeër, as dit so uitwerk. UNICEF verwag my om en by daai tyd."

"Is dit dáár waar jy gaan werk? In Sanaa?"

"Ek weet nog nie. Dis of Sanaa of Al Hudaydah, die hawestad naaste aan Sanaa."

"Hoe gaan ek 'n hele jaar lank sonder jou oorleef, Siti?"

"Vir my gaan dit net so moeilik wees, Karel. Aan die ander kant kan dit ons dalk net liewer vir mekaar maak."

Hulle sit weer in stilte en luister na die geluide in die hawe. Skepe wat al krakend aan meertoue rem, matrose wat iewers lag en sing, 'n mishoring wat kla, al is die aand helder skoon.

Karel kom orent, rek homself uit en vat vir Sammy vas. Tyd vir e!Marli om haar eerste besoek aan die SS Fathia te bring. Samatar moet 'n voorsmakie kry vir wat wag.

Samatar is weer in 'n befoeterde bui.

Die ontmoeting met die Tinta Barocca wat op hom wag, kom hierdie tyd uiters ongeleë. Nuus is dat daar tans baie skeepsverkeer om Puntland beweeg. Teikens wat vir hom, Samatar, verlore is. En deur ander seerowers onderskep kan en gaan word.

Daaraan kan hy egter niks doen nie, want as Topo sê staan gereed, is dit presies wat jy doen. Al lê jy ook dae lank en bolle rol en sien hoe verveeld jou bemanning raak. Ledigheid was nog altyd die duiwel se oorkussing.

Soos byvoorbeeld die stories wat die laaste paar dae aan boord vertel word. Of liewer, gefluister word, want kamtig mag dit nie sý ore bereik nie. Maar toe die jonge Guleed twee aande gelede sy mond verbygepraat het, hét dit sy ore bereik.

Ja, het die jongeling gesê, die storie word nou oral in Bosaaso rondvertel, selfs in die seemans kantiene buite die hawe. Oor 'n meermin wat glo al 'n paar keer snags hier in die hawe gewaar is. 'n Meermin wat ook nie een is nie, want dis 'n vreemde vrouefiguur, een wat 'n waternimf eerder as 'n meermin kan wees. Asof daar nou 'n verkil tussen die twee moet wees.

En? wou Samatar smalend weet. Verlei die waternimf dan seker al wat matroos hier in die hawe is? Nee, het Guleed met 'n bekommerde gesig gesê, niemand weet wat dit met die vrou is nie. Sy beweeg nie in die hawe rond nie. Maak glo net haar verskyning, vlugtig teen mure van pakhuise en werkswinkels. Soms selfs teen skeepsrompe. Baie vreemd, amper soos beweeglike graffiti, het Guleed bygevoeg.

Dis toe dat Samatar die jonge seerower verskreeu het. Dat hy durf waag om sy skipper se tyd met so 'n lawwe storie te kom staan en mors. Maar toe, in stede dat die mannetjie om verskoning vra en die wyk neem, slaan hy Samatar se seemansvoete nog verder onder hom uit.

"Nee, Kaptein, ek het haar self gesien. Laas nag toe ek wag gestaan het. Sy't teen die muur van daai pakhuis gesit. Net vir 'n oomblik en toe ek weer kyk, is sy weg. 'n Paar minute later was sy weer teen die romp van daai vragskip dáár." Guleed beduie met die hand. "Die beeld is skerp, maar dan verdwyn dit weer, helemaal."

Samatar moes gaan sit om die mededeling te verwerk. "Hoekom het jy nie kom sê nie!? Dis tog verdomp hoekom mens wagstaan, jou klein idioot!"

Toe moes Samatar swyg want, moes hy teësinnig besluit, dis presies hierdie tirades van hom wat maak dat sy manne uit vrees belangrike inligting van hom weerhou.

Samatar kom orent en kyk na die horlosie op sy bedkassie. Middernag.

Miskien moet hy 'n draai op die brug maak en kyk of dinge aan boord onder beheer is. En dan met 'n lantern die vragruim gaan inspekteer waar die besending meisies oor 'n dag of drie gehuisves moet word.

Hy klim teen die steil leer op na die brug, groet knorrig in die rigting van die diensoffisier en bekyk die omgewing. Alles rustig in die hawe, so ook op die SS Shimbir Badeed wat langs die SS Fathia vasgemeer is. Ja, grinnik Samatar sinies, nêrens enige teken van graffiti-waternimfe wat verskyn en verdwyn nie. Seerowers se verbeelding het soms geen grense nie.

Hy kyk weer af op die SS Shimbir Badeed.

Hy het al 'n paar keer oor die vreemde skip gewonder. Op die oog af 'n vistreiler, maar hy kry die idee die ding is nie op visvang ingestel nie. Daar's weinig bemanningslede te sien en 'n keer of wat kon hy sweer dat daar 'n jong vrou aan boord is. Een met kort hare en 'n lyf waarvan die vleiende lyne nie eens deur haar lang burka verbloem kon word nie.

Samatar beweeg met 'n lantern af na die buik van die skip. Skaduwees dans grotesk voor die geel vlam van die lantern uit. Onder aangekom, lig hy die lantern skuins bo sy kop. Nog meer skadu's spring uit die donker hoeke van die ruim en Samatar voel 'n rilling teen sy ruggraat afglip. Verdomp! Wat gaan aan met hom? As sy bemanning hom darem nóú moet sien.

Toe, met 'n vreemde doodsheid in sy binneste, besef Samatar hy's nie alleen in die vragruim nie. Want daar, teen die oorkantse muur van die vragruim, gewaar hy haar.

Die gloeiende figuur van die waternimf.

Hy steier agteruit en val oor 'n ammunisiekis. Sy kop klap teen die houtafskorting en die lantern spat eenkant toe, wip 'n slag op die dek en bots teen die voet van 'n houtpilaar. Die vlam bly flikkerend brand.

Die nimf beweeg nader, vanuit die muur, eenhonderd persent getrou aan Guleed se beskrywing. Sy neem stelling in, skaars 'n halwe meter van Samatar se bewende lyf af. Vandaar kyk sy af in sy oë. Samatar wil skreeu, maar sy stembande staak.

Die lantern vlam flikker, doof, en nou is dit net die gloeiende oë wat Samatar in die duisternis begluur.

Die skipper kry lewe en spring na waar die trapleer na bo moet wees. Sy gille eggo gesmoord in die leë vragruim. Maar in die donkerte loop hy kop eerste teen iets vas en toe weet die seerowerkaptein van niks verder nie.

Samatar se bure kom kuier

Die volgende oggend vroeg sit Samatar alleen op die brug van die SS Fathia. Die bemanning is na hul slaap-kwartiere geboender.

Hy streel oor sy gekneusde voorkop. Wanneer gaan hierdie skeelhoofpyn skiet gee? Om te dink daardie nimf, of wat dit ook al was, het nie eens aan hom geraak nie. Hom net stilweg staan en begluur. Hoe hy uit daardie vragruim gekom het, weet nugter.

Wat nugter ook weet, is hoe hy dinge weer onder beheer gaan kry. Gegewe dat hy van nou af in vrees gaan leef, wagtend vir die nimf om weer toe te slaan. Want sekerlik gaan sy toeslaan, een of ander tyd. Intuïsie sê dan gaan sy nie weer net staan en toekyk nie. Wat intuïsie ook sê, is dat hy, Samatar, eintlik haar teiken is. Om een of ander duistere rede.

Iemand kug agter hom en die skipper swaai om. "Het ek nie gesê ek wil nie gesteur word nie!?" bulder hy in 'n verleë Guleed se gesig.

"Hier's drie mense voor op die kaai, Kaptein. Twee mans en 'n meisie. Hulle sê hulle is van die skip hier langsaan, die SS Shimbir Badeed. Hulle wil aan boord kom."

"Jaag hulle weg, die idiote!" bulder Samatar. "Wie dink hulle is hulle? Ek sien niemand nie."

"Hulle sê hulle gaan aan boord kom, Kaptein, of hulle nou toestemming het of nie. Hulle sê ook dit gaan oor wat laas nag hier op die SS Fathia gebeur het."

Samatar wil weer op die boodskapper gil, maar dan sink die seun se woorde in. "Wat laas nag hier op die SS Fathia gebeur het? Wat weet hulle ..."

Maar toe swyg hy. Niemand is veronderstel om van laas nag se gebeure hier op sy skip te weet nie.

"Bring hulle op. Ek wag."

'n Paar minute later staan die besoekers by Samatar op die brug.

Nors begluur hy die drie. Ja, hy herken hulle nou. Die seun met die mank been en die skraal man met die militêre houding. Maar veral herken hy die meisie in haar kleurvolle jalabeeb en hijab.

Hy hoor die mank seun praat. "Ons kom in vrede, Kaptein. Wat beteken dat ons nie moeilikheid wil hê nie."

Dan moet julle so gou moontlik van my skip af kom, wil Samatar die drie toesnou, maar hy swyg en dwing homself om verder te luister.

"Ons het kom sê dat ons jou wil vergesel as jy Topo oor 'n paar dae ontmoet," sê die man met die militêre houding. "Op die Tinta Barocca. Die oomblik as julle vertrek, sal ons aan boord van jou skip kom. Dis nou ons drie en 'n kollega wat reeds aan boord is."

Samatar voel hoe die bloed uit sy gesig vloei. Wat weet hulle van sy ontmoeting met Topo? Maar toe, stadig, kom die woede. Die vermetelheid! Hy dwing homself egter tot kalmte. Om nou sy humeur te verloor, kan dinge net vererger.

"Ek weet nie waarvan julle praat nie," sis hy. "En wat bedoel julle daar's reeds 'n kollega van julle aan boord?"

Samatar kry geen reaksie nie. In stede word hy uitdrukkingloos aangestaar. Toe, stadig, kry hy die antwoord op sy eie vraag. Hy spring uit sy stoel en staar verstom na die drie.

"Julle...julle...julle kollega?"

"Ja, Samatar," praat die meisie vir die eerste keer. "Ons kollega. En ek sien julle het reeds kennis gemaak. Van naderby." Sy tree nader en wys met 'n breë glimlag na die knop op Samatar se voorkop.

"Ja," gaan die mank seun verder, "solank die waternimf aan boord jou skip is, gaan jy nêrens sonder ons nie. Dit kan jy maar weet."

"En," sê die skraal militaris, "as Topo 'n enkele woord van waarskuwing kry, is jou doppie geklink, Samatar. Dit moet jy ook weet. Want dan sal die waternimf weer jou geselskap opsoek. Dan sal sy nie net staan en kyk nie."

"En," sê die mank seun, "die waternimf is in elk geval hier op die SS Fathia om te bly. Totdat ons anders besluit. Ingeval jy probeer om ons te ontglip."

Toe, woordeloos, verlaat die besoekers die SS Fathia se brug.

Terug op die SS Shimbir Badeed, hou die drie kajuitraad. Siti is aan die woord.

"Wat dink julle? Gaan onse Samatar saamspeel? Of gaan hy Topo op 'n manier gewaarsku kry?"

"Hang af vir wie hy op die oomblik die bangste is," sê Karel. "Vir e!Marli of vir Topo."

"My geld is op e!Marli," lag Trompie. "Ek het nie geweet 'n seerower se broek kan so bewe nie. Maar daar's iets anders wat julle moet weet. Ons sit dalk met 'n probleem. Interpol. Hulle wil by wees as Samatar en Topo ontmoet."

"Wat bedoel jy?" vra Karel. "Hulle gáán mos by wees. Hulle gaan wagstaan, dan nie? Met helikopters. Vir ingeval. En dan gaan hulle die Tinta Barocca volg tot by Aden. Of waarheen ook al."

"Dis die ooreenkoms, ja, maar nou wil hulle een van hul mense op die SS Fathia plaas. Om by te wees vir die ontmoeting met die Barocca."

"Hoekom?" vra Siti. "Vertrou hulle ons nie?"

"Dis nie dit nie. Hulle sê die ontmoeting is die gevaarlikste deel van hierdie hele missie. Hulle wil nie net eenkant sit en toekyk nie. Onthou, hulle weet niks van e!Marli nie. Ook niks van die ander e!Kang's af nie."

"Ja, dit sou seker moes gebeur, een of ander tyd," sê Siti. "Hoeveel mense wil hulle aan boord sit?"

"Net een, en dis Annisa. Sy sal heeltyd met die helikopters aan wal in kontak wees. Ingeval iets skeefloop."

Dit raak weer stil tussen die drie en dan praat Siti. "Ek hou van haar, van Annisa. Dit sal goed wees om nog 'n meisie aan boord te hê."

"Ja?" kom Karel by. "En as Annisa vir e!Marli sien? Wat dan?"

"Ek weet nie," sê Siti na 'n ruk. "Maar ek sal aan iets dink om haar te sê."

Later daardie middag kom Annisa aan boord die SS Shimbir Badeed, in privaat klere, rugsak oor die skouer gehaak.

Siti neem die besoeker teen die trapleer af na onder en hulle sit in die beknopte kajuit en gesels. Eers oor koeitjies en kalfies en toe besluit Siti dis tyd om die bul by die horings te pak.

"Jy gaan binnekort iets vreemds sien, Annisa. Iets wat min mense al ooit gesien het. Daarom moet ek jou 'n baie groot guns vra."

Siti hou Karel se slimfoon uit na Annisa. "Kyk, hierdie is e!Marli, 'n figuur wat jy die volgende paar dae gaan gewaar. Teen mure en afskortings en plat oppervlaktes, hier op die skip."

Anissa staar met gerekte oë en Siti verduidelik van teleportasie, karakters in rekenaarspeletjies met heuristiese geheues, energievelde en 'n klomp ander goeters waarvan die polisievrou nog nooit gehoor het nie.

Na 'n lange relaas, sluit Siti af. "Nou, Annisa, soos jy kan dink, as die bestaan van hierdie goed ooit bekend raak, is ek en Karel in groot moeilikheid."

175

Annisa knip haar oë, weer en weer. "Natuurlik, ek verstaan. Almal by Interpol wonder hoekom julle twee saam met Trompie op hierdie missie is. En hoe julle Samatar gekry het om saam te werk. Teen Topo. Nou weet ék ten minste."

"En? Gaan jy uitpraat? Oor e!Marli?"

"As hierdie kreatuur van julle Interpol se missie gaan bedreig, sal ek móét praat. Dit verstaan jy tog? Andersins sal ek nie. Beloof. Maar een laaste vraag. Hoekom lyk hierdie Marli-ding na 'n rotstekening?"

"Dis 'n lang storie," antwoord Siti. "'n Baie lang storie."

Net 19?

'n Beter nag vir die ontmoeting tussen die twee skepe in die golf, kon nie voor gevra word nie, besluit Trompie. Hy het nouwel geen ondervinding van sulke operasies ter see nie, maar logies gaan die kalm waters en windstil nag dinge veel makliker maak.

Makliker ook vir Topo wat hopelik steeds onbewus is van wat rêrig vannag hier gaan gebeur. Dis te sê as hy nie op 'n manier wél uitgevind het van die lokval wat hier vir hom gestel is nie. 'n Waarskuwing sou egter net van Samatar kon kom, en dis onwaarskynlik. Daarvoor het watermeid e!Marli te veel van 'n indruk op die seerowerkaptein gemaak.

Vandat hulle die hawe in Bosaaso verlaat het, is Samatar die enigste lid van die bemanning wat op die brug toegelaat word. Die res moes onder in die skeepsruim bly, het Trompie beveel. Dit sou die hele operasie vergemaklik. Behalwe natuurlik die twee siele in die masjienkamer wat die twee Mercury enjins hanteer.

Nie dat die bemanning veel aansporing nodig gehad het nie. Almal weet al van die ding met die pragtige lyf en lang swart hare wat enige tyd enige plek op die skip kan verskyn. Ja, veel eerder die skuiling van die slaapbank as om die beeldskone spook-vrou ten prooi te val. Dis te sê as die slaapbank, soos enige deel van die skip, hoegenaamd veilig gaan wees.

Trompie tuur deur die venster van die brug na die nag buite. Die seeoppervlak blink soos 'n spieël met 'n sekelmaan wat 'n ligstreep daarop kaats. En sterre wat lyk of mens daaraan kan vat. Steeds nie 'n windjie nie. Doodse stilte, net die ligte knor van die enjins wat die SS Fathia voortstu, in die rigting van die bonkige romp van die Tinta Barocca 'n halwe seemyl weg.

Trompie voel sy keelspiere verstyf, vir die soveelste keer vannag. Wat as Maria nie aan boord daardie vervloekte jag is nie? Wat dan? Daar's wel 19 ander meisies wat gered gaan word, maar dis tog om Maria se onthalwe dat hulle hier is. In die middel van 'n operasie wat jy net in 'n spioenasieriller verwag. 'n Rillerfliek propvol ongelooflike intriges.

Hy hoef net na die meisie Annisa te kyk om te besef hóéveel intriges in hierdie riller bestaan. Hy was by toe sy e!Marli die eerste keer gewaar het, teen 'n muur onder in die vragruim geëts. Dit was eintlik komies om die polisievrou se gesig te sien: Oë pierings gerek en 'n mond wat oophang sonder dat sy dit weet.

Trompie kyk skuins na Karel en Siti wat weerskante van Samatar voor die stuur van die skip staan. Liewe hemel, dis twee kinders daai. Wat skaars 'n maand gelede op skoolbanke gesit het. En smiddae huiswerk moes doen.

Veral Siti. Die fyn meisiekind wat hom steeds aan 'n porseleinpop herinner. Karel wat dood van bekommernis oor die meisie se teenwoordigheid hier in Puntland is. En dit nie durf wys nie, want dan is die gort gaar.

178

En ja, Karel het rede om bekommerd te wees, nie net oor Siti nie, maar oor hul al drie se teenwoordigheid hier langs die horing van Afrika. Seker die gevaarlikste stukkie see in die wêreld. 'n Stuk water waarop ongelooflike dramas al afgespeel het. Van konflik tussen die seerowers en dié wat hulle ten prooi val.

'n Konflik wat gewoonlik as 'n driehoek gesien kan word. Met seerower die een hoek, slagoffers aan boord die tweede hoek en skeepseienaars die derde. Hoek een eis die losprys, hoek twee sit angstig en wag terwyl hoek drie oor hul lot moet besluit.

Soms word die losprys betaal, al is dit enorme bedrae wat ter sprake is. Maar soms nie, en raai wie betaal dan die prys? Met hul lewens. Of met verminkte liggame. Soos die geval van 'n gyselaar wie se ore afgesny is omdat hy kwansuis nie wou luister nie. En as toegif, is beide sy bene gebreek. Dit terwyl die skeepseienaars geweier het om een enkele sent as losprys te betaal.

Trompie ril. Wat het hulle drie besiel om dinge sovêr te dryf? Of liewer, wat het hóm besiel. Kan net een ding wees en dit is sy ewige skuldgevoel oor Maria. Hy hoor die dreun-klap van 'n helikopter wat 'n seemyl of twee in 'n wye sirkel om die SS Fathia vlieg. Moet Interpol wees. Of die PMPF.

En nou is hy bly dat Annisa hier saam met hulle aan boord is. Wat per selfoon hulp kan inroep, net as dit rêrig nodig is. Hy was juis bekommerd dat Interpol moontlik op die verkeerde tyd kan inmeng en die missie skipbreuk laat lei.

179

Toe, asof die helikoptervlieënier sy gedagtes lees, draai die tuig landwaarts en vlieg al brommende oor die donker oseaan weg.

Hy hoor Samatar 'n bevel in die interkom af na die masjienkamer toe blaf. Onmiddellik stop die enjins se geknor en nou is dit net die geklots van rustige golwe teen die SS Fathia se romp. Hulle is nou honderd meter van die Tinta Barocca af wat bonkig in die donkerte lê en wag. Met geen teken van lewe aan boord nie. Topo is nie 'n man wat kanse waag nie.

Die SS Fathia dryf stadig nader. 100 meter, 90, 80, 70, 60.

Trompie beskou Samatar skuinsweg. Die kaptein sweet, die koel aandlug ten spyt. Arme man. Hy bevind hom in 'n situasie waar hy net nie kan wen nie. Al help hy om Topo vanaand vas te trek, is sy dae as gesiene seerower getel. Want hierdie storie gaan uitlek, wyd en syd, sonder twyfel. Daarvoor sal sy bemanning sorg.

Doodse stilte. Net die golfies wat klots en vreemde geluide wat iewers uit die SS Fathia se ingewande kraak.

Op 50 meter blaf Samatar weer in die interkom en onmiddellik pols die Mercury enjins weer, nou in trurat om die skip se spoed te verminder en 'n paar meter verder tot stilstand te bring.

Nou, uiteindelik, lê die twee vaartuie 20 meter vanmekaar af. Roerloos, want daar's steeds geen deining nie, asof die see ook ademloos lê en wag. En die maan wat sekel-oog af na hulle staar. En doodse stilte.

Trompie se naels kerf in sy handpalms. Sê nou net Topo weet van die lokval? Sê nou net hy en Samatar speel nog heeltyd saam? In welke geval dinge enige oomblik rampspoedig skeef kan draai. Soos byvoorbeeld masjiengeweervuur van die Tinta Barocca se donker romp af. Of 'n mortieraanval. Ja, Topo sal nie huiwer om Samatar en sy span ook op te offer nie.

Samatar se selfoon gons weer op die SS Fathia se brug. Die seerowerkaptein gryp na die apparaat en druk dit teen sy oor.

Trompie stap nader om die gesprek te volg. Wat gelukkig, om Topo se onthalwe, in Engels plaasvind. Hy hou sy gesig sentimeters van Samatar s'n af, ruik knoffel en seekos in die man se asem. Toe hoor hy 'n geskuifel agter hom en sien Samatar se oë verstar. Nog voor hy omdraai, weet Trompie wat hy gaan sien.

Ja, dis e!Marli, geëts teen die oorkantse muur van die brug, wat Samatar stilweg uit die skemerte begluur.

Annisa kyk oor ook haar skouer en toe druk sy haar hande voor haar eie oë. Asof sy die watermeid op die manier weg kan wens.

Samatar stotter in die foon. "Ja, alles reg, Topo. Ek staan gereed. Stuur die boot na my agterdek toe. Een van my manne wag met 'n touleer daar."

Trompie draai na Karel. "Ek dink jy moet afgaan ondertoe, Karel. Gooi 'n oog oor wat daar onder gebeur en bel my die oomblik as die meisies aan boord is."

Van die SS Fathia se agterdek, staar Karel oor die donker water na die ewe donker silhouette van die Tinta Barocca. Steeds geen teken van lewe nie.

Toe flikker 'n lig by die jag se agterstewe. Lyk na 'n lantern. Ja, iets gebeur nou agter op daai skip. Lyk na iemand wat 'n touleer oor die reling na onder gooi. Dit plons langs 'n kleiner boot wat reeds in die water lê en wag.

In die lig van die lantern, verskyn die figure op die Tinta Barocca se agterdek. Almal lyk dieselfde: Swart klere met musse op. Iemand by die skip se reëling help hulle nou teen die touleer af, na onder na die roeiboot toe. Daar wag 'n ander figuur hulle in.

Vier roeispane verskyn en die reddingsboot beweeg, stadig oor die blink water nader na die SS Fathia toe. Kul sy oë hom, wonder Karel, of is dit rêrig wat hier gebeur? Verloop hierdie roekelose missie waarop hulle is, volgens plan? Met Topo weet jy nooit.

Vir 'n oomblik blits 'n lig verblindend van die brug van die Tinta Barocca af. Die straal veeg oor die water en kom vir 'n sekonde op die reddingsboot tot rus.

Die figure in die boot sit almal vooroor gebuig, swart musse oor hul gesigte getrek. 'n Paar skouers ruk en ruk. Die roeispane werk afgemete, nader hier na die SS Fathia se agterdek waar nog 'n touleer wag.

Die straal verdwyn en die donkerte is terug. Die sekelmaan het intussen agter die donker landmassa van Puntland weggesak en nou is daar net hier en daar 'n ster in die donker hemelgewelf te sien.

Die roeiboot skuur teen die SS Fathia se agterdek en die figure in swart word deur die touleer opgehelp.

Soos hulle bo kom, stuur Guleed hulle onmiddellik met 'n trapleer af in die skip se vragruim, een vir een.

Karel se selfoon lui. Dis Trompie, angstig. "Is almal daar, Karel?"

"Ja, Kaptein, maar hier's net 19 meisies."

Wat de duiwel doen Interpol?

Siti en Annisa staan op die brug, weerskante van Trompie. Geskokte gesigte. Samatar staan eenkant en staar uitdrukkingloos oor die donker see. Van die land se kant dreun 'n helikopter nader, maar draai dan terug en land weer iewers in die hawe.

Siti praat. "Hoe seker is jy, Kaptein? Oor Maria?"

"Ek was nou net daar onder in die vragruim. Sy's nie daar nie. Van die meisies het ook bevestig dat sy nog op die Tinta Barocca is. By Topo."

Trompie draai na Annisa. "Kry jou mense in gereedheid. Maar geen aksie voor ek die bevel gee nie."

Trompie sak op 'n stoel neer. Sy wange voel yskoud. Hoe kon hy so naïef gewees het. Om te dink Topo sal homself lam ter slagting laat lei? Sommer net so?

Hy kom voor Samatar staan, keelspiere styf gespan, vuiste gebal. Sy woede moet op iemand uitgehaal word. Maar dan sien hy die leë kyk in die seerower se oë. Nee, hierdie man weet van niks. Topo is te slim vir almal van hulle.

Hy hoor Annisa weer praat. "Daar's iets wat ek julle nie gesê het nie. Interpol het die foto's wat in Kaapstad van die Tinta Barocca geneem is, ontleed. En raai wat, hulle vermoed dat ál die base van die Kraken sindikaat aan boord die Tinta Barocca kan wees. Al sewe van hulle. Natuurlik sonder Señor Droga."

Trompie en Siti staar oopmond. "Hoekom het julle ons nie gesê nie?" vra Siti.

"Omdat ons julle nie kon vertrou nie. En hoe kon ons? Sonder om te weet waarmee julle rêrig besig is? Interpol vertrou julle steeds nie. Hulle wonder steeds hoekom julle so baie weet en hoe julle daarin slaag om so na aan al die aksie te bly. "

Trompie kom orent. "Gee my 'n paar minute tyd. Dat ek kan dink waarheen nou. Ek is nou terug."

Hy stap van die brug af en staan op die voordek oor die see en kyk. Twintig meter verder dryf die Tinta Barocca, steeds in donkerte gehul, daar waar sy suster is. Twintig meter weg, wat netsowel twintigduisend kilometer kon wees. Terugwaarts oor die land, klap-klap-klap helikopters heen-en-weer, sonder om dit nader aan die twee skepe te waag.

So, besluit Trompie, dis die punt wat hulle nou bereik het. Hier vlak onder sy neus sit Topo en sy hele Kraken gespuis, kwesbaar soos nooit tevore nie. Reg om met een enkele mortier uitgevat te word. Of verspot maklik onder arres geplaas kan word. 'n Kans van 'n leeftyd om die wêreld 'n baie beter plek te maak. Om duisende kinderlewens te red, nou én in die toekoms.

Al wat nodig is, is 'n offerande. Die lewe van 'n verslaafde straatmeisie uit Soweto.

Trompie se wange is nat. Wanneer laas het hy gehuil? Moes as kind gewees het. Toe sy pa weg myne toe is om nooit weer terug te kom nie. Of dalk het hy getjank 'n keer toe Pirates teen Swallows verloor het? Nee, hy kan nie onthou nie.

Maar nou's nie die tyd om sentimenteel te raak nie. Die Tinta Barocca kan enige oomblik vertrek en soos 'n groot speld in die donker golf van Aden verdwyn. Wat dan? Hulle kan wel die skip stilletjies probeer volg. Met elektronika soos radar, infrarooi of sonar. Of selfs met GPS wat op Topo se selfoon ingestel is. Maar Topo is geen pampoen nie. Daar is sekerlik apparate aan boord die Tinta Barocca wat Topo in so 'n geval sal waarsku.

Môre as die son opkom, is die Tinta Barocca iewers op die verlate oop see. 'n Stippel wat niemand kan uitken nie. En dalk is Topo en sy passasiers nie eens meer aan boord van daardie stippel nie. 'n Ander skip kan hulle iewers deur die nag oppik. Dis die soort ding wat Topo sou doen.

Trompie draai om en staar weer na die Tinta Barocca wat steeds dofweg op die silwer watervlak lê en dein. Ja, hulle het 'n punt bereik waar net Karel en sy rotstekening kan help, absurd soos dit is. Dis nou te sê as hul ooit die watermeid aan boord die Tinta Barocca kan kry. Want alleen kan sy nie gestuur word nie. Nugter weet wat sy alles op daardie skip vol misdadigers kan aanrig.

Hy stap terug na die brug toe, steeds planloos. Wat net een ding beteken en dit is dat hy hierdie operasie aan Interpol moet oorgee. Dat húlle voortaan die besluite maak, sonder om emosioneel oor sy verslaafde sussie te raak.

Op die brug wag Annisa en Siti hom met strak gesigte in. Karel is nog onder op die agterdek, by Guleed, verduidelik Siti.

"Terwyl jy weg was, het Topo met Samatar gepraat," verduidelik Annisa. "Oor die selfoon. Hy hét Maria aan boord, sê hy. Poppie nommer 20 soos hy haar noem. Hy hou haar gyselaar ingeval iemand die Tinta Barocca agtervolg. Hy sê ook Samatar moet hier wag totdat hy, Topo, weg is. Dit sal nou enige oomblik wees. Hy sal later laat weet waarheen die SS Fathia die besending meisies moet neem."

Trompie maak sy oë toe. Dis nou duidelik dat Topo onraad vermoed en Samatar ook nie meer vertrou nie. Ja, besluit die speurder, dis dan nou oor en uit. Hy't alles gedoen wat hy kon en dis tyd om handdoek in te gooi.

Karel beur teen die trappe op na die bodek van die SS Fathia en toe, verder op, na die skip se brug. Dit voel of sy stompie been enige oomblik uit sy heup gaan skeur.

"Wat is hier aan die gang?" vra hy, vir niemand in die besonder nie.

Maar hy kry geen geantwoord nie, want skielik is dit of die hemel bo hul koppe oopskeur. Asof dit deur 'n bliksemstraal oopgeklief word. Oordonderend.

En toe is dit lig, soos in helder lig. Lig wat die twee bote en omliggende see in kwiksilwer doop.

"Val plat!" skreeu Trompie. "Ons word aangeval!"

Die's op die brug laat hulle nie twee keer nooi nie, Samatar ingesluit. Net e!Marli bly roerloos eenkant staan en tuur met gloeiende oë in die niet.

Toe kom dit weer: nog 'n donderende bliksemstraal van nêrens wat die hemel oopskeur en nog meer lig wat nag in dag verander.

"Dis 'n vegvliegtuig!" skreeu Trompie van die dek af. "Wat ligfakkels strooi! Verdomp!"

"Wat gaan aan?" kom dit benoud van Siti af. Haar wang is nog plat teen die dek gedruk.

"Dis blerrie Interpol!" gil Trompie bokant die lawaai. "Hulle gaan die Tinta Barocca aanval! Met Maria nog aan boord! Die bliksems!"

Karel sien hoe die speurder opspring, nou buite homself. Met vuiste wat swaai, vloek hy van die SS Fathia se brug af. Karel spring ook orent, maar te vinnig vir sy stompie been en weer slaan hy neer, langs Siti.

Toe is die hel helemaal los. Ligfakkels reën op die toneel neer, laag op laag. Die vegvliegtuig doen deeglike werk.

Van die land af kom helikopters nou nader gedreun, befoeterde naaldekokers met een doel voor oë en dis om skoor te soek. Soekligte net waar jy kyk. Asof die fakkels nie genoeg gedoen het nie. Die hemel is steeds silwerwit en so ook die gladde see wat alles terugkaats na bo.

Hoekom het Interpol nie hul woord gehou nie? wonder Karel. Hulle het dan ooreengekom dat die Tinta Barocca ongehinderd verder moet vaar? Nadat die meisies gered is. Wat besiel hulle? En vir seker weet hulle nie van Maria wat steeds aan boord is nie. Hier kom 'n gemors wat skrik vir niks.

Hy strompel orent, die pyn in sy been ten spyt. Siti is ook orent en saam staan hulle die skouspel buite en gadeslaan. Asof hulle 'n gru film kyk met net die kakofoniese geraas as klankbaan.

Toe begin die helikopters die wyk neem, een vir een, met net een wat bokant die Tinta Barocca bly sweef. Klak-klak-klak klap die tuig se swaaiende vlerke ritmies bokant die jag. Die ander tjoppers maak 'n sirkel met 'n straal van nagenoeg 'n seemyl van die twee skepe af.

Stadig daal die laaste fakkels in die see neer en weer verdonker die toneel. Net die heli bokant die Tinta Barocca se soeklig verlig die terrein.

"Tango Bravo, hierdie is Interpol," klink dit meteens oor 'n luidspreker. Die klank dra bokant die geklop van die tjopper uit. "Ek herhaal, Tango Bravo, hierdie is Interpol. Jy's omsingel en jou kans om te ontsnap is presies nul.

"So, almal aan boord, tree aan op die voordek. Ongewapen. Ek herhaal, tree aan op die voordek sonder wapens. Almal. Julle het presies twee minute tyd."

Toe is dit stil, met net die helikopter se gedreun. Die soeklig uit die tuig is op die jag se voordek gerig.

Almal wag.

Klak-klak-klak klap, dreun die helikopter, onverpoos.

Karel hou asem op. Hy voel Siti se naels in sy boarm kerf. Hy sien blink sweet op Trompie se gesig.

Hier kom 'n aaklige gemors.

189

Toe verskyn twee figure in die ligkol op die voordek.

Karel trek sy asem in. Siti se naels kerf dieper. Trompie skreeu soos 'n waansinnige, hoorbaar bo die lawaai.

Topo staan in die ligkol, sy arms van agter om Maria geslaan. Sy wriemel in die greep met haar rug teen die man se bors. In die soeklig flits die lem van 'n mes teen haar keel.

Klak-klak-klak klap, dreun die helikopter.

Karel kry nie na Trompie gekyk nie. Siti se skouers ruk en ruk en sy huil nou openlik. Dat hul missie só moet eindig.

Hy kyk weer af na die Tinta Barocca en sien hoe Topo sy gyselaar na die boeg van die jag toe sleep, die mes steeds teen haar keel en haar gesig sentimeters van sy eie af.

Die helikopter hang magteloos. Nie eens die beste skutter op aarde sal nou 'n skoot na Topo waag nie.

Topo draai om en wink met die los arm in die rigting van die Tinta Barocca se brug.

'n Man met 'n swart pet verskyn op die voordek en staar uitdagend op in die spierwit straal van die soeklig van die helikopter. Die man stap verder, vol selfvertroue, en kom langs Topo en die angsbevange Maria staan. Nee, besluit Karel, wat sy oë nóú registreer, kan onmoontlik nie waar wees nie.

Maar toe hy hoor hoe Siti haar asem hier langs hom intrek, weet hy sy oë bedrieg hom nie. Siti het die man ook onmiddellik herken. Die man met die pet haal iets wat 'n selfoon kan wees uit sy bosak en die volgende oomblik gons Karel se selfoon in sý baadjiesak.

Karel tas na sy foon, laat dit amper op die bodek val, druk die groen foontjie om die oproep te neem en die volgende oomblik kras 'n bekende stem in sy oor.

"Kareltjie! My wêreld dude! Wat 'n unpleasant surprise! Jy's nou die laaste ou wat ek hier in die golf van Aden expect het."

'n Ruiltransaksie

Karel en Siti is alleen in die vragruim, in die buik van die SS Fathia. Die ruim is in skemerte gehul, met 'n lantern wat eenkant op die dek flouerig staan en flikker.

Karel kyk in Siti se strak gesig. Hy besef dat hy hier voor haar sit en huil, maar dit skeel hom niks. Wat hom wel skeel, is dat sy meisie reeds besluit het wat sy gaan doen, maak nie saak wat enige niemand te sê het nie.

Hy maak sy oë toe en dis of Benner se stem steeds oor sy selfoon in sy ore weerklink.

"The choice is yours, Kareltjie. Dis Maria in exchange vir Siti. So, óf Siti join ons hier op die Tinta Barocca en julle kry Maria terug, of ons cruise met Maria weg, iewers heen. En heaven knows wat dán van die arme girl gaan word. So, besluit vinnig, julle het presies 5 minute tyd."

"Ek gaan myself oorgee, Karel," hoor Karel die meisie van sy drome se stem. "Hulle gaan daai meisie se keel afsny, so eenvoudig soos dit. Jy weet dit en almal weet dit."

"En jóú keel, Siti? Is dit nou 'n keel wat hulle maar kan sny?"

"Jy weet goed Benner sal nie my keel afsny nie, Karel. Nee, hy wil ... hy wil mý hê."

Ja, besluit Karel, natuurlik wil Benner vir Siti hê, vir hoe lank al? Seker vandat die twee van hulle kleuters was. En nou gaan hy haar kry, uiteindelik, al is dit op so 'n bizarre manier. Hy hoor Siti verder praat.

"Buitendien, Karel, Benner het steeds tPort op sy foon. En jy weet wat dít beteken."

Ja, besluit Karel, hy wéét wat dit beteken. Met tPort kan Benner en sy nuwe gespuis skade aanrig wat geen mens kan bedink nie. Want een of ander tyd sal iemand in Kraken se geledere daardie wagwoord ontrafel. Dan kan Benner na willekeur kopieë van tPort maak wat beteken dat, al sou sy bestaande foon iets oorkom, hy tPort vir altyd in sy besit sal hê. En tPort in Benner se besit, beteken tPort in Kraken se besit.

Wat meer is, hy, Karel, kan een of ander tyd moontlik daarin slaag om tPort op Benner se foon oor 'n afstand uit te wis, iets waarvan Benner bewus sal wees. Maar vir eers is daar ander dringende prioriteite in sy, Karel, se lewe.

Soos natuurlik, Siti. Hy soek naarstiglik na nóg redes om Siti van haar besluit te laat verander, maar toe sien hy haar hier voor hom staan, haar oë soos twee donker soekligte in syne gerig. Asof die oë na 'n verskoning soek om hier by hom te bly. Haar stem sê egter iets anders.

"Dis tyd, Karel, ek moet gaan. Hou my vas, seblief. En sê jy's lief vir my."

Karel staan op die brug van die SS Fathia, langs Trompie, Samatar en Annisa. In sy binneste, voel alles dood. Hy kyk af op die toneel onder hom. 'n Toneel verlig deur Interpol se helikopter wat steeds met die stralende soeklig oor die gladde seevlak vee.

Soos 'n nuuskierige naaldekoker wat, met een enkele oog, die kom en gaan van die mensdom met verstomming gadeslaan. Ja, dink Karel, hy sou nou, vir een oomblik, graag die toneel uit die hoek van daardie vaartuig wou ervaar. Wat doen hierdie spesie, wat hulself mense noem, aan mekaar? wonder die reuse-insek seker nou.

Twee rubberbootjies roei na mekaar, een van die SS Fathia en die ander een van die Tinta Barocca af.

Die twee bote dobber vas teen mekaar en Karel sien hoe Siti oorklim, langs Maria staan en haar arms om die verskrikte meisie slaan. Vir sekondes staan die twee meisies so en toe stoot 'n bemanningslid van die Tinta Barocca Maria hardhandig oor na die ander boot.

Karel hoor hoe Trompie langs hom hardop snik. Annisa tree nader om haar arms om die huilende man te sit.

Siti, steeds regop in die boot, staan roerloos oor die blinkswart water terug na die SS Fathia en kyk. Toe draai sy weg en kyk na die Tinta Barocca, soos een wat besef dis waarheen die noodlot haar nou, onvermydelik, heen stuur.

Die twee bote roei weg van mekaar, terug na vanwaar hulle gekom het. Die passasiers is geruil.

Toe, asof die nuuskierige naaldekoker van staal genoeg van die bizarre toneel gehad het, word die soeklig uitgedoof en die helikopter klap-klap-klap weg, terug na Bosaaso se hawe toe.

Karel se binneste is steeds yskoud en dood, tog voel dit of iets in sy binneste begin smeul. 'n Gloed wat hy weet al groter gaan groei. Totdat dit 'n soos 'n inferno in sy binneste gaan woed.

Daardie gloed is die wete dat hy, Karel, nooit gaan opgee nie. Hy gaan die meisie wat hy lief het, weer eendag in sy arms hou.

Geagte Leser

Ons hoop dat u ons boek geniet het en dit boeiend gevind het. U terugvoer is baie belangrik vir ons en vir toekomstige lesers.

Ons sal dit baie waardeer as u 'n paar oomblikke kan neem om 'n resensie op Amazon te skryf. U mening help ander om ingeligte besluite te neem en dit help ons om beter te verstaan wat ons lesers waardeer.

Baie dankie vir u ondersteuning!

Vriendelike groete

Die Malherbe Span